# 천외천의 주인 20

2022년 2월 10일 초판 1쇄 인쇄
2022년 2월 15일 초판 1쇄 발행

**지은이** 한수오
**발행인** 김정수 강준규

**기획** 이기헌 왕소현 박경무 강민구
**책임편집** 오영란
**마케팅지원** 배진경 임혜솔 송지유 이영선

**발행처** (주)로크미디어
**출판등록** 2003년 3월 24일
**주소** 서울시 마포구 성암로 330 DMC첨단산업센터 318호
Tel (02)3273-5135 **편집** 070-7863-8596 **Fax** (02)3273-5134
**홈페이지** rokmedia.com **E-mail** rokmedia@empas.com

ⓒ 한수오, 2020

값 8,000원

ISBN 979-11-354-7440-8 (20권)
ISBN 979-11-354-8621-0 04810 (세트)

한수오 신무협 장편소설

20

천외천의 주인

| 역천逆天 |

# 차례

대도무문大道無門 (1)

우지끈–!

산귀의 말마따나 철창은 만년한철의 위용을 드러내듯 새파랗게 발열하면서도 끊어지기는커녕 크게 휘어지지 않고 끝까지 버텼다. 그러나 강렬한 열기로 인해 기반이 약해져 버린 칠성각은 버티지 못했다.

쩍쩍 갈라지던 벽과 희뿌연 연기 속에서 붉게 타오르던 천장이 더는 버티지 못하며 무너졌다.

용광로처럼 뜨거운 장내의 화염 속으로 벽돌과 기와, 부러진 기둥과 대들보, 서까래가 뒤엉켜서 와르르 쏟아져 내렸다.

"피해라!"

누군가 외쳤다.

산귀를 비롯한 녹림의 고수들이 분분히 사방으로 신형을 날려서 장내를 벗어났다.

그들은 비교적 자리를 피하기가 어렵지 않았다.

대부분이 그 정도는 되는 고수들이기도 했고, 그에 앞서 태양신마가 일으킨 화염의 중심에서 벗어나 있었기 때문이다.

반면에 철창 안의 설무백 등은 태양신마가 일으킨 화염의 중심에서 무너지는 전각의 잔해를 온전히 감당해야 했다.

그래서일 터였다.

먼저 장내를 벗어나서 무너지는 전각을 바라보는 산귀 등, 녹림의 고수들은 하나같이 몸소 확인한 절대 능력에 대한 경각심보다는 일말의 호기심으로 가득한 눈빛이었다.

과연 철창에 갇혀 있던 설무백 등이 저 아수라장 속에서 무사할 수 있을까가 바로 그들의 의문이었다.

죽지는 않겠지만, 무사할 리도 없었다.

철창에 갇힌 상태로 저런 무지막지한 신공을 발휘하다니, 이야말로 제 발등 찍기식의 발악이라는 것이 산귀를 포함한 그들 모두의 생각이었다.

하지만 그런 생각을 가지고 무너지는 칠성각을 지켜보던 그들, 모두의 표정이 일거에 불신과 경악으로 일그러졌다.

무너지는 혹은 이미 무너진 칠성각의 자욱한 먼지와 화염, 연기 속에서 설무백 등이 아무렇지도 않게 걸어 나오고 있었기 때문이다.

뒤늦게 떨어지는 건물의 잔해가 그들의 주변으로 접근하기도 전에 뻥겨 나가고, 자욱한 먼지와 연기가 절로 좌우로 흩어져서 길을 내주고 있었다.

눈에 보이지 않는 무형의 강기가, 바로 거대한 호신강기가 설무백을 비롯한 일행 모두를 감싸고 있었던 것이다.

"어찌 저런……!"

녹림총단의 문신인 모초도가 소스라치게 놀라 무심결에 혼잣말을 중얼거리다가 이내 찔끔해서 조개처럼 입을 다물었다.

매섭게 변한 산귀의 눈초리가 그에게 돌려진 까닭이었다.

다만 산귀의 질타는 그의 태도가 아니라 다른 것을 향했다.

"천신도 가둘 수 있다며? 네 눈에는 쟤들이 천신으로 보이냐?"

모초도가 찔끔 자라목을 하며 변명했다.

"그래도 암기 기관이 작동했으면 저렇게 멀쩡히 빠져나올 수는 없었지 않을까 하는 작은 의구심이……."

"작은 의구심 좋아하고 자빠졌네!"

산귀가 눈을 부라리며 거듭 면박을 주었다.

"이미 기반이 뒤틀린 마당에 암기 기관을 작동시키면 어쩌자고? 다 같이 죽자고?"

모초도가 쥐구멍이라도 있으면 숨을 것 같은 표정으로 진땀을 뻘뻘 흘리며 고개를 숙였다.

"죄, 죄송합니다!"

"아휴, 이걸 그냥 불타 죽든 깔려 죽든 저기서 데리고 나오지 말걸 그랬다는 후회가 밀려오네."

"아니, 무슨 그런 끔찍한 말씀을……!"

산귀가 펄쩍 뛰는 모초도를 향해 나직한 어조로 다그쳤다.

"가라. 정확히 하루 준다. 하루 안에 저 따위 닭장이 아니라 진짜 천신이라도 빠져나올 수 없는 덫을 구상해 와라. 안 그러면……!"

말꼬리를 흐린 그는 그 어떤 위협보다도 더 위협적으로 보이는 미소를 입가에 걸며 말을 끝맺었다.

"말 안 해도 알지?"

"옙! 알겠습니다!"

모초도가 부동자세로 정색하며 대답하고는 후다닥 장내를 떠났다.

산귀는 그 모습을 보며 새삼 끌끌 혀를 찼다. 그리고 이내 무너진 칠성각을 벗어나 한가하게 귀를 후비며 자신을 바라보고 있는 설무백을 향해 자못 정감 어린 미소를 보이며 말했다.

"내가 암기 기관을 작동시키지 않은 거 알지?"

설무백은 무심하게 대꾸했다.

"방금 전에 이미 건물의 기반이 뒤틀린 마당이라 다 죽을까 봐서 암기 기관을 작동하지 않았다는 말을 들었소만?"

산귀가 냉소를 날렸다.

"어쨌거나, 나보고 막지만 않으면 조용히 돌아가겠다고 했잖

아. 설마 사내대장부가 한 입으로 두말하겠다는 거야, 뭐냐? 아니지?"

설무백은 얼굴색 하나 변하지 않고 뻔뻔스럽게 말하는 산귀의 태도에 절로 실소하며 돌아섰다.

약속은 약속이었다.

상대가 본심이든 아니든 일단 약속을 지킨 이상 그도 싫든 좋든 지키는 것이 도리라고 생각했다.

포섭하지 못했다고 해서 굳이 적으로 돌릴 필요는 없었다.

그런데 태양신마가 그런 그의 태도를 보고 오만상을 찡그렸다.

"이대로 그냥 가자고?"

설무백은 어깨를 으쓱했다.

"약속이니까요."

태양신마가 지긋한 눈빛으로 산귀를 바라보며 누런 이를 드러냈다.

"그럼 먼저 가고 있어. 다행히도 나는 저자하고 그런 약속을 한 적이 없으니까. 흐흐흐……!"

산귀가 당황했다.

그의 곁에 있는 녹림의 고수들도 긴장한 모습으로 저마다 조심스럽게 혹은 재빨리 병기를 뽑아 들었다.

산귀가 소리쳤다.

"야, 이러는 법이 어디에 있어? 이거 반칙이잖아!"

"난 약속한 적 없다니까 그러네."

태양신마가 냉담하게 일갈하며 두 손을 좌우로 펼쳤다.

순간적으로 그의 두 손에 불길이 일어났다.

설무백이 슬쩍 손을 내밀어서 그의 앞을 막았다.

"약속했잖아요?"

"내가 언제?"

"내가 했으면 노선배도 한 겁니다. 노선배는 이미 나를 따르기로 했으니까."

"……."

태양신마가 침묵했다.

설무백은 재우쳐 물었다.

"나와의 약속, 깨실래요?"

태양신마가 쓰게 입맛을 다시며 두 손에 일으킨 불길을 죽였다.

"그럴 수 없지."

그는 물러나며 산귀를 향해 말했다.

"너 오늘 운수 대통했다."

산귀가 두 눈을 뒤룩거렸다.

"아놔, 저렇게 말하니 그냥 싸우고 싶네."

돌아서던 태양신마가 혹시나 하는 눈빛을 드러내며 설무백의 눈치를 봤다.

설무백은 그냥 묵묵히 돌아섰다.

태양신마가 실망한 기색으로 입맛을 다시며 그의 뒤를 따르는데, 산귀가 새삼 소리를 질렀다.

　"야! 그냥 가면 어떻게 해? 약속은 약속이고, 무너진 건물값은 따로 계산해야지!"

　설무백은 왜 이러는지 모르겠다는 표정으로 고개를 갸웃하며 산귀를 돌아보았다.

　산귀가 계면쩍은 표정으로 그의 시선을 피해서 딴청을 부리며 먼저 말했다.

　"험, 아까 네가 하려던 말을 들어 보는 것으로 건물값을 대신하기로 하지. 괜찮지?"

　설무백은 픽 웃으며 승낙했다.

　"그럽시다, 그럼."

　그리고 조건을 달았다.

　"대신 독대. 아니, 한 사람 더."

　그는 저만치 물러나 있는 허저에게 시선을 주며 덧붙였다.

　"막내라는 저 친구."

　산귀가 승낙했다.

　"평의실(評議室)로 가자."

　산귀가 말한 평의실은 일종의 회의실로, 무너진 칠성각과 대략 십여 장 정도 떨어진 곳의 거대한 통나무집이었다.

실내가 통으로 하나의 공간인 그곳에서 그들, 두 사람은 일장이 넘게 길쭉한 장방형의 탁자를 사이에 두고 마주했다.

설무백은 각설하고 이 충격적인 사실을 밝히며 제안이 아닌 직설적인 요구로 대화를 주도했다.

"녹림맹의 내부에 적의 간자들이 침입해 있소. 그것도 아주 많이. 해서, 나는 선배가 빠른 시일 내에 그들을 척결하고, 나와 한 배를 타기를 바라오."

산귀가 한 방 맞은 표정으로 잠시 침묵하고 있다가 이내 어색한 미소를 흘리며 두 손을 내밀어서 누르는 시늉을 했다.

"우리 서두르지 말고 하나하나 차근차근 얘기해 보도록 하지. 녹림총단이 아니라 녹림맹이라고 하는 것은 실로 내 주변만이 아니라 우리 녹림맹 전체에 걸쳐 적의 간자가 있다는 거겠지?"

"그렇소."

"그럼 네가 생각하는 적은 누구냐?"

설무백은 사뭇 냉정하게 말을 잘랐다.

"나를 시험하지 마시오."

산귀가 잠시 입을 다문 채 예리하게 변한 눈빛으로 설무백의 시선을 마주하다가 이내 풀이 죽어서 한숨을 내쉬었다.

"역시 아무래도 내가 달리겠군."

설무백은 더 없이 솔직한 산귀의 인정에 절로 피식 웃으며 솔직한 자신의 심정을 내비쳤다.

"사실 나는 선배를 만나러 오지 않으려고 했소. 녹림은 어차피 머지않아 크게 분열될 것이고, 그때 나서서 수습해도 늦지 않다, 뭐 이런 생각이었소."

"그런데 생각을 바꾼 거다? 왜?"

"아무리 생각해도 그렇게 되기까지 너무나 많은 피가 흐를 것이기 때문이오."

산귀가 웃었다. 절로 나온 비웃음으로 보였다.

이어진 질문도 그랬다.

"네가 고대협사의 풍모를 지녔다는 건가?"

설무백은 무심하게 대꾸했다.

"정말 그랬다면 찾아오지 않았을 거요. 고대협사라면 이러나저러나 살인을 일삼으며 남의 것을 갈취하고 사는 산적 나부랭이를 살리고 싶은 생각은 없을 테니까."

산귀가 불쾌하다는 표정으로 냉소를 날렸다.

"애송이는 아니라고 봤는데, 그런 개소리를 하는 것을 보니 애송이였군. 너도 한번 돌이켜 봐라. 지난 수년간의 흉년동안 세상이 어땠냐? 가난한 자는 나무거죽으로 연명하다가 똥구멍이 찢어져도, 부자는 그사이에 처먹고 놀면서 더 부자가 됐다. 하물며 황궁은? 아니, 황궁까지 따질 것도 없다."

그는 보란 듯이 탁자를 치며 언성을 높였다.

"황궁 아래 기생하는 관료들만 봐도 안다. 백성을 위하는 관료는 없고, 조정에 바칠 세금이나 갈취하며 백성들의 고혈을 쥐어짜는 탐관오리만 즐비하다. 귀족 놈들은 조상 덕에 놀면서도 호의호식하고, 지방의 토호들은 손에 물 한 방울 묻히지 않고도 배를 불리며 산다. 그게 정상이냐?"

설무백은 삐딱하게 산귀를 보았다.

"그래서 산적이 정상이라는 거요?"

"물론 우리도 정상은 아니지. 하지만 그 자식들보다는 우리가 더 정상에 가깝다. 우리는 한 번에 하나씩 이리저리 따져가며 죽이든 살리든 하지만, 그 개자식들은 그저 한 번에 수백, 수천의 목숨을 굶어 죽게 하면서도 죄의식 하나 없이 떵떵거리며 잘 사니까."

산귀는 기다렸다는 듯 신랄한 반박을 토해 내고는 그래도 부족한지 말미에 부연까지 더했다.

"하물며 지금은 난세다. 난세가 되면 영웅호걸, 기인이사들이 녹림으로 숨어든다는 얘기가 왜 공공연하게 떠도는 것인지를 너도 어디 한번 잘 생각해 봐라. 그럼 내 말이 틀리지 않다는 것을 자연히 알게 될 거다. 우리는 있는 자의 것을 없는 자에게 나누는 거다. 그것도 되먹지 못하게 벌어들여서 있는 자들의 것을 말이다!"

설무백은 말문이 막혔다.

정말 말도 안 되는 괴변이라고 반박을 해야 하는데, 그럴 수가 없었다. 그가 아는 세상도 그렇기 때문이다.

게다가 산귀의 말마따나 작금의 세상은 왕조가 흔들릴 정도의 난세이고, 그로 인해 얼마나 많은 사람들이 녹림의 문을 두드리는지도 그는 익히 잘 알고 있었다.

　오랜 흉년에 농사를 포기하고 낫과 괭이로 강도짓에 나선 농부, 고기를 잡던 그물과 작살로 다른 배를 터는 어부, 굶주림에 겨운 나머지 서로 힘을 모아서 다른 마을을 터는 마을 사람들, 하다못해 그런 자들을 토벌하러 나섰다가 오히려 탈영해서 그들의 손을 잡은 병졸도 있었다.

　세부적으로는 초적(草賊)이니, 수적(水賊)이니, 마적(馬賊)이니, 병비(兵匪)니, 하는 이름을 가지고 있는 그들이 결국 녹림도라는 하나의 이름으로 불리며 뭉치게 되는 것이 바로 작금의 세상인 것이다.

　그러나 설무백은 반론의 여지가 없는 문제라고 해서 무조건 동의하며 용인하거나 용납하는 군자가 아니었다.

　상황에 따라서는 후안무치(厚顔無恥)를 우습게 알며 얼마든지 경우를 따지지 않고 완력을 행사할 수 있는 사람이 그였다.

　지금이 바로 그런 상황이었다.

　"과연 도적들의 두목다운 말이오. 게다가 이견이 떠오르지 않을 정도로 하도 달변이라 말발로는 정말 내가 안 되겠소."

　설무백은 언쟁에 있어서는 아무런 거리낌 없이 항복을 선언했다. 그리고 곧바로 무력행사를 예고하는 노골적인 눈빛으로 산귀를 직시하며 물었다.

"그래서 마지막으로 묻는 건데, 나와 한 배를 타겠소, 타지 않겠소?"

산귀가 자못 부릅뜬 눈으로 설무백의 시선을 마주한 채 잠시 뜸을 들이다가 이내 물러나 앉으며 항복을 선언했다.

"젠장, 탄다, 타! 그 배! 정식으로 우리 애들을 소개시켜 주지."

"아니오. 말했다시피 그 애들을 나는 다 믿을 수 없소. 심지어 나는 밖으로 드러나는 것을 별로 선호하지도 않소. 피치 못하게 나섰을 뿐, 나를 알아보는 사람이 적을수록 좋다고 생각하오."

"무슨 말인지는 알겠는데, 그래도 그냥 소개받아. 너를 소개하지 않고 그냥 넘어가면 애들의 의심이 도를 넘어서 네가 요구한 내 일에 아주 막대한 지장을 초래할 거다."

"수하들의 능력을 매우 높이 평가하는 모양이구려."

"수하들보다는 아우들이 그렇지. 알지? 내가 제자는 하나밖에 없어도 아우들은 모래알처럼 즐비하다는 거?"

"대체 왜 그러는 거요?"

"이유야 간단하지. 부족한 힘으로 녹림맹을 가지려 하니 그럴 수밖에 없더군. 이제 너도 알잖아. 내가 무공보다 말발이 더 센 거."

"……"

"정말 필요한 애들만 부를 테니까, 다른 걱정은 말고. 부른다?"

"……."

설무백의 침묵으로 그들의 대화가 끝났다.

산귀가 기분 좋은 표정으로 자리에서 일어나 밖으로 나가더니, 정확히 열 명의 인원을 데리고 돌아왔다.

설무백의 지시에 따라 밖에서 대기하던 공야무륵과 검영, 태양신마 등도 함께였다.

산귀가 활짝 웃는 낯으로 손바닥을 비비면서 그들에게 말했다.

"통성명하며 얼굴이나 익히자는 거야. 실로 오랜만에 얻은 친구인데 체면치레라도 그 정도는 해 줘야 내 면이 살지 않겠나. 안 그래, 설 가?"

설무백은 예기치 못한 공격에 적잖게 당황했으나, 애써 내색을 삼가며 고개를 끄덕였다.

남몰래 그를 향해 연신 눈을 찡긋거리는 산귀의 노력이 가상해서라도 그냥 외면할 수가 없었다.

그러나 산귀가 데려온 사내들이 하나씩 나서서 인사했다.

"녹림천추(綠林天樞)의 쌍산인 이대룡(李大龍)이오."

건장한 체구라 나이를 알아보기 어려운 노인이었다.

넓적한 얼굴에 주먹코, 각진 턱을 가져서인지 전체적으로 고집스러운 인상이었다.

미세하게 파진 주름살이 얼굴에 가득하고, 왼쪽 눈가에는 눈

을 아슬아슬하게 비켜 지나간 칼자국이 있어서 못내 성마르게
도 보이는 인상이기도 했다.

설무백은 이 사람을 알고 있었다.

이름은 이대룡이고, 별호는 천풍월도(天風月刀)였다.

과거 삼국시대의 명장 관운장(關雲長)의 상징과도 같은 거대
한 언월도(偃月刀)를 독문병기로 사용해서 그런 별호를 얻었는
데, 대외적으로는 녹림맹에서 산귀 다음가는 고수로 알려졌다.

그런 이대룡이 이름 앞에 천풍월도가 아니라 녹림천추라는
이름을 붙인 것은 녹림맹의 전통과 관계되어 있었다.

본디 녹림맹은 녹림십팔채와 녹림삼십육향, 녹림십팔소(綠
林十八巢)를 합한 녹림칠십이채(綠林七十二砦)의 연합이다.

따라서 녹림맹을 따로 녹림칠십이채라 부르는 사람도 있기
는 하지만, 그보다는 녹림맹의 주력인 녹림십팔채로 부르는 사
람이 더 많은데, 녹림십팔채는 전통적으로 밤하늘에게 가장 밝
게 빛난다고 알려진 십팔대천강의 이름을 가지며, 그중에서도
가장 뛰어난 일곱 개의 산채는 천추(天樞), 천선(天璇), 천기(天璣),
천권(天權), 옥형(玉衡), 개양(開楊), 요광(搖光)이라는 북두칠성(北斗
七星)의 이름을 가졌다.

즉, 녹림천추는 녹림십팔채 혹은 녹림칠십이채로 대변되는
녹림맹에서 가장 강한 일곱 산채 중 하나라는 뜻이며 자랑이
되는 것이다.

그래서인 것 같았다.

이대룡 다음에 나선 사람도 그 일곱 산채의 주인 중 하나였다.

순서를 따로 정해 놓은 것 같지는 않았지만, 자연스럽게 강자부터 혹은 강한 산채의 주인부터 차례대로 인사에 나서고 있었다.

"녹림천선(綠林天璇)의 쌍산인 자광(慈光)이오."

산귀와 비슷한 연배로 보이고, 온갖 산짐승의 가죽을 이어붙여서 만든 복장에 하얗게 센 수염이 덥수룩해서 거칠게 보이는 노인이었다.

역시나 설무백이 아는 인물이었다.

이름은 자광이며 별호가 소면나찰(素面羅刹)이고 별호 그대로 검은 얼굴에 작은 뱀눈의 소유자라 웃고 있어도 차가운 느낌을 주는 인상인데, 실제로도 잔인하고 냉혹한 손 속으로 유명했다.

자광 다음에 나선 사람은 작은 체구에 부드러운 미소가 이채로운 반백의 중늙은이었다.

"녹림천기(綠林天璣)의 쌍산인 송악(宋岳)이오."

소면귀수(笑面鬼手) 송악이었다.

어떤 상황에서도, 하다못해 적과 싸울 때도 입가의 미소를 잊지 않아서 소리장도(笑裏藏刀)라 불리기도 하는 냉혈한이었다.

다른 사람들에 비해서 매우 작은 체구이고, 쌍산의 자리를 차지한 지도 얼마 되지 않은 사람이었으나, 습관처럼 입가에 걸린 미소 때문인지 가장 여유롭게 보였다.

그다음에 나선 사람은 바로 여기 계양채의 주인이었다.

"녹림개양(綠林開楊)의 쌍산인 석계묵(石桂墨)이오."

장대한 체구에 송충이처럼 짙고 시꺼먼 눈썹과 부리부리한 한 쌍의 호목(虎目)을 가진 중년 사내였다.

패천일도(覇天一刀) 석계묵이었다.

설무백으로서는 얼핏 명호만 들어 봤을 뿐, 비교적 상세한 내력을 파악하고 있는 다른 사람들과 달리 상대적으로 아는 바가 적은 인물이었다.

하지만 통성명을 하자마자 녹림총단을 버린 산귀가 하필이면 왜 여기 개양채에 머물고 있는지를 대번에 알 수 있었다.

석계묵은 일견키에도 항거하기 어려운 위엄과 냉철한 기질이 엿보였고, 일기당천(一騎當千)의 용맹과 그 용맹을 받쳐 줄 무력이 느껴지는 호걸풍의 고수였다.

모르긴 해도, 산귀를 제외하면 지금 이 자리에서 제대로 그를 대적할 수 있는 사람은 없을 터였다.

설무백이 못내 그를 예의 주시하는 사이, 다른 사람이 나섰다.

"천곡채(天谷砦)의 쌍산인 부곡도(部浩濤)요."

지금 장내에 자리한 녹림도 중에서 석계묵만큼이나 젊은 축에 끼는 중년 사내였다. 보통의 체구지만, 어깨가 넓은 통짜 몸매에 팔뚝도 다리도 굵직굵직해서 장내의 누구 못지않게 강인한 인상을 주는 사내이기도 했다.

그러나 설무백은 그와 무관하게, 그야말로 본의 아니게 슬쩍 산귀를 쳐다보았다.

천곡채는 당금 녹림에서 가장 유명한 산채의 두목들을 대신하는 이름이, 바로 십팔대천강에서도 유독 빛나는 일곱 개의 별인 북두칠성에 속한 이름이 아닌 것이다.

아니나 다를까, 따로 질문하지 않았음에도 산귀가 그의 생각을 읽은 것처럼 쓰게 입맛을 다시며 투덜거리듯 말했다.

"그래, 맞아. 천권채(天權砦), 옥형채(玉衡砦), 요광채(搖光砦)가 빠졌지. 일전에 날 배신한 녀석들이 걔들이야. 너도 이미 눈치챘겠지만……."

그는 불쑥 자신의 상의를 헤쳐서 복부와 가슴을 내놓았다.

"보다시피 이게 그 녀석들 짓이다. 옥형채의 칠면염라 양 가놈이 제자 녀석의 얼굴을 하고 나타나는 바람에 꼼짝없이 당하고 말았지. 괘씸한 놈 같으니라고!"

산귀가 내내 태사의에 앉은 채로 이동하고, 태사의를 벗어난 시점부터는 마치 나이 든 나무늘보처럼 매사에 세월아 내월아 천천히 움직이며 행동한 이유가 바로 거기에 있었다.

그가 입은 상처는 아직 그처럼 조심해야 할 정도로 철저한 관리가 필요했던 것이다.

설무백은 그저 묵묵히 고개를 끄덕이는 것으로 넘어갔다.

잠시 눈치를 보던 나머지 다섯 사내가 서둘러 인사에 나섰다.

산귀가 밝힌 대로 그들은 비록 북두칠성은 아니지만 엄연히 녹림맹에서 주축을 이루는 산채인 십팔대천강의 다섯 산채인 천양채(天陽砦), 귀곡채(鬼哭砦), 백선채(白仙砦), 소요채(逍遙砦), 제선채(制仙砦)의 쌍산들이었다.

산귀는 정말 통성명이 필요한 사람들만 부르겠다는 말대로 녹림맹의 주축이자 주력인 녹림십팔채의 채주들만 불렀던 것이다.

"미안하지만……."

산귀가 서로 간의 인사를 끝맺기 무섭게 애써 멋쩍은 기색을 가장하고 나서서 설명했다.

"네가 알다시피 녹림총단의 문신인 모초도는 아까 그 일로 근신하라는 차원에서 딴 일을 시켜 놔서 안 불렀다. 그리고 내가 곁에 두고 있는 녹림총단의 사대장(四大將)인 춘사(春蛇)와 하충(夏蟲), 추웅(秋熊), 동랑(冬狼)은 나중에 기회를 봐서 각 산채들의 소두목들과 함께 자리를 마련해 보도록 하지."

설무백은 충분히 이해하고 잘 알겠다는 듯 고개를 끄덕이는 것으로 대답을 대신했다. 그리고 재우쳐서 내내 꿔다 놓은 보릿자루처럼 뒤쪽 구석에 쭈그리고 서 있던 허저를 일별하며 말했다.

"알겠네, 친구. 그럼 오늘은 이만 자리를 끝내도록 하고, 저 아이는 내가 자네 말대로 데려가서 심부름이나 시키며 자네와의 연락책으로 쓰도록 하겠네."

징내의 분위기가 싸하게 변했다.

강호 무림에서 사귀는 친구가 제아무리 나이를 초월하는 경우가 허다하다고 해도, 스물의 설무백이 팔순이 넘은 산귀에게 친구니, 자네니 하는 것은 보는 사람이 머쓱해질 정도로 어색하기 짝이 없었기 때문이다.

산귀가 재빨리 자못 호탕하게 웃으며 나섰다.

어색한 장내의 분위기를 바꾸려는 노력이었다.

"하하, 그러게나. 그럼 나중에 다시 보세. 하하하⋯⋯!"

장내의 분위기가 더욱 어색해졌다.

산귀의 태도가 그만큼 어색했기 때문이다.

갑작스럽게 친구 운운하는 설무백의 태도는 그도 매우 당황스러워서 절로 어색한 태도가 나왔던 것이다.

설무백은 그러거나 말거나 서둘러 작별을 고하며 밖으로 나섰다.

한시라도 빨리 장내를 벗어나는 것이 서로에게 좋았다.

"그럼 나는 이만⋯⋯!"

산귀가 기다렸다는 듯 그의 뒤를 따라붙으며 이러지도 저러지도 못하고 어정쩡하게 서 있는 채주들을 향해 말했다.

"내가 배웅을 할 테니, 너희들은 따라올 필요 없다."

"아, 예⋯⋯!"

채주들이 얼떨결에 대답하며 고개를 숙였다.

그들은 어차피 닭살이 돋는 괴리감 속에 허덕이느라 배웅할 정신도 없는 것 같았으나, 산귀 역시 같은 기분 속에 빠져서 그것을 눈치챌 여유가 전혀 없었다.

와중에 허저를 챙긴 것만도 신기할 정도였다.

"뭐 해? 너는 어서 따라와야지?"

허저가 조심스럽게 물었다.

"저는 거부할 자격도 없는 거겠죠?"

산귀가 대답 대신 손부터 내밀어서 허저의 뒷덜미를 잡고 끌었다.

"잘 알면서 귀찮게 왜 물어."

"알겠습니다. 갈 거니까 이거 놓으셔도 됩니다."

허저의 사정을 듣고서야 산귀가 뒷목을 놓아주며 발길을 재촉했다. 그러고는 역시나 노강호답게 산채를 벗어나는 사이에 정신을 수습하고는 헛웃음을 흘리며 설무백을 쳐다봤다.

"나만 잘났다고 생각했는데, 너도 만만치 않구나. 그 상황에서 나보고 자네라니, 말발이 나 못지않아. 크큭……!"

설무백은 짐짓 무심하게 물었다.

"그래서, 친구라고 했던 거 취소하고 싶나?"

산귀가 애처럼 펄쩍 뛰었다.

"천만에 말씀! 나야 좋지! 나보다 고수를 친구로 두는 일인데, 내가 미쳤다고 취소하냐! 어림 반 푼어치도 없는 소리! 잊지 마! 우리 오늘부터, 아니, 아까부터 친구인 거다!"

설무백은 일단 한번 뱉은 말이니 물리지는 않을 것이라고 생각했지만, 이런 식으로 노골적인 이유를 들이댈 줄은 몰랐던지라 절로 실소하고 말았다.

그러다가 문득 떠오른 의문이 있어서 물었다.

"그런데 뻔히 누군지 알고 있으면서 왜 이렇게 의식적으로 외면하고 모르는 척하는 거지?"

태양신마를 두고 하는 질문이었다.

설무백의 말마따나 산귀는 이제 태양신마의 정체를 알면서도 애써 내색을 삼가며 모르는 척 외면하고 있었던 것이다.

그런데 산귀에게 던진 이 질문에 대한 대답을 태양신마가 했다.

가소롭다는 듯 콧방귀를 뀌면서.

"흥! 내가 그 마음 잘 알지. 그냥 그러는 게 낫다고 생각하는 거야. 중원 무림의 물을 먹고 자란 애들은 관외나 세외의 무인들 알기를 미친년 바지저고리보다 못하게 생각하거든. 그러니 모르는 척하고 넘기는 게 낫다 싶은 거지. 선배라는 것을 알면서도 선배 대우해 주기 싫어서. 자존심이 상하니까. 안 그러냐, 중원의 산적 두목아?"

산귀가 보란 듯이 마주 콧방귀를 뀌며 반박했다.

"흥! 틀렸소, 관외의 마적 두목 선배. 난 다만 설 가 이 친구와 선배가 어떤 사이인지 정확히 감이 오지 않아서 눈치를 보고 있었을 뿐이오. 잘하면 선배 소리 안 하고 부려 먹을 수도 있겠다 싶어서 말이오. 잘 알지도 못하면서 알은척하기는!"

태양신마가 너무 어이없고 기가 막혀서 말이 안 나온다는 표정으로 산귀를 바라보았다.

"뭐 이런 놈이 다 있지?"

산귀가 보란 듯이 음충맞게 웃으며 대꾸했다.

"흐흐, 고작 이 정도 가지고 놀라지 마시오. 알수록 놀랍고 대단한 사람이 바로 나란 사람이니까. 흐흐흐……!"

태양신마가 슬쩍 설무백을 보며 물었다.

"저거 살짝만 태워 죽여도 되나?"

설무백이 뭐라고 대꾸할 사이도 없이 산귀가 고개를 갸웃하더니, 급히 작별을 고하며 번개처럼 사라졌다.

"어라, 벌써 여기까지 왔나? 그럼 나는 이만……!"

설무백은 잠시 망설이며 걷다가 이내 발길을 멈추었다.

아무래도 외면하고 그냥 갈 수가 없었다.

"잠시만!"

"무슨……?"

무심결에 질문하던 태양신마의 표정이 굳어졌다.

눈앞에서 설무백의 신형이 사라졌기 때문이다.

눈부신 빠름. 고도의 경신술이었다.

산귀가 사라진 속도도 빠르긴 했으나, 설무백과는 차원이 달랐다.

산귀의 경우가 관용이고 허락이라면 설무백의 경우는 경악이고 포기였다.

산귀의 속도는 마음만 먹으면 얼마든지 따라잡을 수 있겠다고 생각한 것에 반해 설무백의 속도는 감히 엄두도 나지 않았다. 다른 누구도 아닌 관외의 초고수 태양신마가 실감한 아니, 절감한 그 속도의 차이는 실로 컸다.

설무백은 제법 적잖은 시간의 차이를 두고 발길을 돌렸음에도 불구하고 불과 반에 반각도 되지 않아서 산귀를 따라잡았다.

"……!"

산귀가 갑작스럽게 뒤에서 나타난 설무백의 기척에 놀라서 본능적으로 반격의 자세를 취하며 손을 내밀었다.

설무백은 마주 손을 내밀어서 그의 손을 잡아챘다.

"어……?"

산귀가 그제야 상대가 설무백임을 알아보며 어리둥절했다.

설무백은 그게 아랑곳하지 않고 잡아챈 손목을 잡은 채로 그를 살펴보았다.

산귀의 이마에는 굵은 땀방울이 송골송골 맺혀 있었고, 전신은 물동이를 뒤집어쓴 것처럼 흠뻑 젖어 있었다.

애써 내색은 삼갔으나, 그는 아직 내상이 완치되지 않은 상태에서 무리하게 내공을 사용하는 바람에 내상이 악화되어 있었다.

"뭐야? 왜 이래?"

"단순한 내상이 아니라 독에도 당한 거지?"

"난데없이 독은 무슨 독이야?"

"누가 고리타분한 늙은이 아니랄까 봐 곧 죽을 듯이 식은땀을 줄줄 흘리는 몰골로 자존심은 살아서……!"

"뭐가 어쨌다고 그래?"

산귀가 재빨리 이마의 식은땀을 손바닥으로 훑으며 시치미를 뗐다.

"어휴!"

설무백은 한마디 탄식과 함께 여전히 놓지 않고 있던 손목을 당기며 속절없이 달려오는 산귀를 향해 다른 손을 내밀어서 마혈를 제압했다.

"무, 무슨 짓……?"

산귀가 놀라서 눈을 크게 떴다.

설무백은 상관하지 않고 자신의 엄지손톱으로 검지 안쪽을 그어서 피를 내고는 산귀의 입에다 핏방울을 떨구어 주며 말했다.

"몸보신."

"……?"

"뱉지 말고 먹어. 기력이 달리는 늙은 친구를 얻은 기념으로 주는 선물이야. 참고로 돌아가서 꼭 운기조식 해. 어떤 독기든 운기조식 한두 번 정도면 말끔히 사라질 테지만, 거기에 만족하지 말고 한 사나흘 매진해. 이팔청춘까지는 아니어도 제법

천외천의
주인

예전의 기력을 되찾을 수 있을 테니까."

말이 제법 예전의 기력이지 사실은 상당한 기연이었다.

설무백의 피 한 방울은 무가지보에 속하는 그 어떤 영약보다도 더 뛰어난 공능을 지녔기 때문이다.

그걸 알 도리가 없는 산귀가 어처구니없다는 표정으로 설무백을 바라보았다.

"너 혹시 내가 흡혈귀라고 생각하는 거 아니지?"

설무백은 쓸데없는 소리 말라는 뜻으로 아프게 두들겨서 산귀의 마혈을 풀어 주고 자리를 떠나며 당부했다.

"아까운 피니까 사나흘 운기조식 하는 거 잊지 마!"

산귀가 대답할 틈은 없었다.

설무백이 그처럼 빠르게, 그야말로 전광석화처럼 눈부신 속도로 장내에서 멀어졌기 때문이다.

그런데 바로 그다음 순간, 발길을 재촉하던 설무백에게 예기치 않은 사태가 벌어졌다.

산귀를 등진 그가 한달음에 왔던 길을 대략 오륙백 장 정도 거슬렀을 때, 누군가 그를 노렸다.

씨잇—!

어디선가 날아온 한줄기 예리한 살기가 있었다.

설무백은 예민하게 살기에 반응해서 본능처럼 순간적으로 높이 떠올랐다.

실로 간발의 차이였다.

허깨비처럼 두둥실 떠오른 그의 발밑으로 서릿발처럼 차갑고 예리한 한줄기 살기가 스쳐 지나갔다.

암기 혹은 지공이었다.

설무백조차 그걸 제대로 파악하지 못할 정도로 빠른 공격이었다.

설무백은 잠시 허공에 떠 있다가 이내 깃털처럼 가볍게 하강해서 땅으로 내려왔다.

때를 같이해서 그의 전방에 회색 그림자 하나가 나타났다.

유령처럼 홀연한 모습인데, 이내 선명해진 그 회색 그림자의 정체는 훤칠한 키에 호리호리한 몸매의 애꾸 노인이었다.

반백의 머리카락을 정수리로 둥글게 말아 올려서 동곳을 꽂아 고정하고 검고 긴 유생건(儒生巾)과 유복(儒服)을 걸쳤는데, 자세히 보니 이채롭게도 눈만이 아니라 다리도 하나가 없었다.

허랑하게 늘어진 왼쪽 바짓단 아래에 거무튀튀한 철봉 하나가 다리를 대신하고 있었던 것이다.

한쪽 다리가 철각(鐵脚)인 그 애꾸 노인이 수척하고 근엄한 얼굴의 한쪽 입가만 슬쩍 들어 올려서 냉혹한 느낌의 미소를 지으며 말했다.

"역시 악종의 씨답게 한 수 재간은 있구나."

설무백은 절로 미간을 찌푸렸다.

아무리 봐도 낯선 노인이었고, 그 입에서 흘러나온 말도 전혀 이해할 수 없었다.

악종의 씨라니?

'내가?'

설무백은 냉철한 눈빛으로 애꾸 노인을 살펴보았다.

단순히 현상금을 노리는 황금낭인으로 보이지 않았고, 그렇다고 천사교 등 마교의 졸개로도 보이지 않았다.

다만 그조차 선뜻 가늠하기 어려운 엄청난 고수라는 것은 느낄 수 있었다.

그는 참으로 묘한 기분에 빠지는 것을 느끼며 물었다.

"내가 누구라고 생각하는 건데?"

"말했잖으냐. 악종의 씨라고."

애꾸 노인이 태연하게 대꾸하며 좌측 어깨 위로 삐죽이 올라와 있는 검의 손잡이를 잡아서 검을 뽑아 들었다.

보통의 검객들과 달리 검갑을 허리가 아니라 등에 사선으로 매달아서 좌측 어깨 위로 검의 손잡이가 오도록 해 놓은 것이다.

동영의 무인들 중에서 인자(忍者)라고 불리는 무사들이 검을 착용할 때 주로 애용하는 방법이었다.

중원에서는 이런 식으로 검을 착용하는 무인이 매우 드물었다.

일반적으로 남의 집 담을 넘을 필요가 있는 자들, 즉 살수들이나 사용하는 방법이라고 치부하는 것이 상례였다.

그러나 지금 중원의 무인들이 무시하는 방법으로 검을 착용하고 있던 애꾸 노인은 그렇게 치부할 인물이 전혀 아니었다.

애꾸 노인은 단순히 검을 뽑는 사소한 동작 하나에도 예사롭지 않은 위엄이 느껴졌다.

'고수!'

설무백은 새삼 애꾸 노인의 실력을 인정하고 냉정하게 물었다.

"내가 왜 악종의 씨라는 건데?"

"악종의 씨니까 악종의 씨라지, 달리 무슨 이유가 있겠냐."

"그러는 노인장은 누군데?"

애꾸 노인이 대답에 앞서 뽑아 든 수중의 검을 이리저리 흔들어 보았다.

마치 부엌에 들어가서 장작불로 밥을 지으려는 식모가 부뚜막의 부지깽이가 아직 쓸 만한지를 확인해 보는 것처럼 보이는 모습이었다.

그 상태로 그는 시선조차 주지 않은 채 뒤늦게 대꾸했다.

"나는 악종과 악종의 씨를 제거하는 임무를 완수하기 위해서 지옥에서 살아온 천신의 사자다. 흐흐흐……!"

설무백은 한숨을 내쉬었다.

"미친 늙은인가? 그냥 피하는 게 도리인 건가?"

애꾸 노인이 거짓말처럼 웃음기를 지우고 이리저리 흔들어 보며 살피던 수중의 검을 턱 어깨에 걸치며 냉정하게 말했다.

"장난은 이제 그만두고, 우선 하나만 묻자. 네 어미야 너를 낳다가 죽었다는 것을 확인했으니 됐고, 너를 살리기 위해 나와 함께 해구(海口 : 강화도의 옛날 지명)에서 동귀어진(同歸於盡)을 시도했던 네 아비, 천마공자(天魔公子)는 어떻게 됐냐?"

설무백은 해구라는 말과 천마공자라는 말에 절로 눈이 커졌다.

"해구? 천마공자……?"

"그래. 천마공자, 네 아비 말이다."

애꾸 노인이 히죽 웃으며 잘라 말했다.

"시치미 떼지 말고 솔직히 말해 봐라. 내 검에 단전이 터지고, 몸이 반쪽으로 잘렸으니 살았어도 산목숨이 아니었을 텐데, 어떻게 너를 데리고 여기 중원까지 올 수 있었던 거지?"

설무백은 무언가 한 방 맞은 것 같은 기분이 들면서도 대체 이게 무슨 일인지 궁금해서 참으로 묘한 기분이 되었다.

그럴 수밖에 없었다.

다른 걸 다 떠나서 해구라는 지명이 그에게 그런 기분을 안겨 주었다.

생면부지인 의부인 설인보 장군과 그의 인연이 시작된 장소가 바로 동방의 해구였고, 당시 그는 갓 태어난 간난아이로 환생했다.

그리고 그 이후 그는 여태 단 한 번도 자신이 환생한 육체와 그 육체를 만들어 준 부모에 대해서 생각해 본 적이 없었다.

마냥 부모가 동이의 상인이거나 혹은 그 상인을 보호하던 싸울아비라는 무사였을 것이라고 생각하며 조금도 따져 보지 않았던 것이다.

'뭐지? 대체 이자는 지금 내게 무슨 말을 하는 거지?'

설무백은 어둠에 쌓인 미로에 빠진 사람처럼 뭐라고 단정할 수 없는 의혹과 번민에 휩싸였다.

그래서 냉정하고 싸늘한 기색으로 자세를 바로하며 말했다.

"나야말로 정말 농담할 기분이 아니외다. 나는 설무백이라는 사람이고, 고깝게 들릴지도 모르겠지만 무림에서 사신이라 불리는 무인이오. 노인장이 찾는 사람이 실로 이런 내가 맞소?"

애꾸 노인이 키득거리고 웃으며 손가락 하나를 들어서 좌우로 저었다.

"지금의 네가 누군지는 하나도 궁금하지 않다. 그건 내가 너를 해치우려는 것과 아무런 상관이 없으니까."

"그냥 나라서 죽이려는 거다?"

"그렇다."

"왜? 어째서?"

설무백의 질문을 들은 애꾸 노인이 새삼 히죽 웃으며 한마디로 모든 대화를 원점으로 돌려놓았다.

"그야 물론 악종의 씨니까."

설무백은 절로 헛웃음을 흘렸다.

"천마공자라는 악종의 씨?"

"그래, 바로 그거다."

애꾸 노인은 단호했다.

설무백은 새삼 물었다.

"한 번만 더 묻자. 대체 내가 천마공자라는 악종의 씨라는 것을 어떻게 아는 거지?"

"네 아비 천마공자의 동귀어진 수법에 당해서 장장 십오 년이나 사경을 헤매다가 겨우 깨어난 내가 가장 먼저 한 일이 해구에서부터 너의 흔적을 찾는 거였다. 무려 십 년이나 걸렸다. 참으로 지난한 세월의 보람을 이제야 느끼는 도다!"

정말이지 가슴 벅차다는 태도로 말을 끝맺은 애꾸 노인이 수중의 검극으로 설무백을 가리키며 차갑게 덧붙였다.

"오냐, 그래. 네 아비에 대해서는 더 이상 묻지 않으마. 이미 죽은 자가 어떻게 죽었는지 알아서 무엇 하겠나. 나는 오늘 그저 네 목숨을 취하는 것으로 하늘이 내게 주신 사명의 첫발을 내딛기로 하겠다!"

설무백은 도무지 모르겠어서 고개를 절레절레 흔들었다.

애꾸 노인에게서는 막대한 적의와 살기가 느껴졌으나, 그 속에는 그 어떤 사기나 마기도 느껴지지 않았다.

아니, 오히려 광명정대한 기운이 느껴졌다.

'게다가 엄청난 고수!'

아무리 생각해도 애꾸 노인은 여태 그가 만나 본 고수들 중에서 최고였다.

솔직히 말해서 무당마검 검노를 포함한 풍잔의 그 누구보다도 윗길에 오른 고수라는 느낌이 들었다. 그리고 다른 무엇보다도 애꾸 노인은 마교를 적대하고 있었다.

지금의 태도가 광증이든 뭐든 간에 그냥 이대로 사라지기에는 너무나도 아까운 인물이라는 생각이 들었다.

전혀 의식하지 못하고 있지만, 지금의 그는 상대가 누구든 간에 자신이 질 거라는 생각은 전혀 들지 않았다.

설무백은 바로 그런 마음가짐이기에 애꾸 노인에게 한 번 더 기회를 주겠다고 생각하며 말했다.

"알겠소. 노인장께서 일부러 이럴 리는 없을 테니, 그게 오해든 진실이든 실로 그렇다고 생각하는 것이라고 보고 딱 하나만 묻겠소. 노인장은 누구요? 평소 내가 강호사에 해박하다고 자부할 수 없으나, 노인장 정도라면 가히 천하에 모르는 사람이 없을 정도로 대명이 자자할 텐데 말이오."

애꾸 노인이 망설이지 않고 인정했다.

"내가 좀 유명하긴 하지. 강호사에 해박하지 않아도 무인이라면 누구나 다 아는 정도는 되니까."

"그래서 존성대명이 뭐라는 거요?"

"내가 바로 세간의 혹자들이 자꾸 얼굴 좀 보자고 노래 부르는 이니라."

그는 거만한 태도, 자부심 가득한 목소리로 자신의 정체를 드러냈다.

"전설무왕간부도의 주인공, 천하인들이 일명 석정, 본명 고정산이라 부르는 무왕이 바로 나다!"

대도무문大道無門 (2)

설무백은 잠시 멍청하게 서서 자신이 천하제일 고수 무왕 석정이라고 소개한 애꾸 노인을 바라보았다.

너무나도 황당해서 어이가 없었다.

애꾸 노인이 천하제일 고수인 무왕이라면 범접하기 어려운 막대한 기세는 충분히 설명이 되었다.

그러나 오직 그것만 설명될 뿐, 그 외의 모든 것들은 더욱 미궁에 빠졌다.

천하의 무왕이 대체 왜 느닷없이 나타나서 그를 노리는 것일까?

얘기를 종합해 보면 그를 다른 사람으로 오해하는 것 같은데, 하필이면 그 오해가 전혀 오해처럼 들리지 않는 이유는 또 대체 무엇일까?

설무백은 골치가 아팠다.

작금의 현실을 전생의 기억을 비교하며 답을 찾아보았으나, 도저히 마땅한 답이 나오지 않았다.

전생의 기억에 따르면 무왕은 그가 암천의 그림자들로 기억하는 마교가 득세하기 시작하는 환란의 시대로 접어들었을 때도 끝내 나타나지 않았다.

강호 무림은 그로 인해 무왕은 이미 오래전에 귀천했을 것이라는 결론을 내렸고, 그가 아니라 그의 후계자가 나타나기를 고대했다.

그런데 이게 무슨 조화란 말인가?

무왕은 죽은 것이 아니었고, 환란의 시대가 도래하기 직전인 작금에 와서 난데없이 나타났다.

그리고 나타난 무왕은 환생한 설무백과 묘하게 얽혀 있었다.

이건 정말 절대로 그냥 간과하고 넘어갈 수 없는 일이 아니었다.

설무백은 정체를 드러내고 나서 얼마든지 놀라고 당황해도 좋다는 듯 거만한 태도로 턱을 치켜들고 바라보는 무왕 석정의 시선을 냉정하게 마주하며 말했다.

"우리 아무래도 대화가 필요한 것 같지 않습니까?"

애꾸 노인, 무왕 석정이 자못 어이가 없다는 표정으로 대꾸했다.

"이제 와서 존대는 무슨, 집어치워라. 내가 너하고 대화를 나눌 이유가 어디에 있을 것이냐. 필요 없다. 쓸데없는 소리 말고 목이나 길게 내밀어라."

설무백은 전에 없이 웃는 낯으로 말꼬리를 잡았다.

"필요 없는 게 아닌 것 같은데요? 말은 그리 하면서도 지금까지 내내 선뜻 나서지 않고 구구절절 말이 많았지 않습니까."

"그건……!"

"굳이 변명하지 않으셔도 됩니다."

설무백은 웃는 낯으로 말을 자르고는 재우쳐 자신이 들여다본 무왕 석정의 속내를 밝혔다.

"언제부터인지는 몰라도, 그간 저를 살펴보면서 뭔가 이상하다고 느꼈을 테지요. 도무지 당신께서 아는 악종의 씨답지 않은 행동을 보였을 테니까요. 그래서 지금 막상 나섰어도 망설여지는 게 아닙니까? 안 그렇습니까?"

"……."

석정은 대답하지 않고 침묵했다.

그저 속내를 짐작하기 어려운 묘한 눈빛으로 바라만 보고 있었다.

설무백은 픽 웃으며 물었다.

"지금 느끼고 계신 그 의문과 망설임이 왜인지 보여 줄까요?"

석정이 물었다.

"네가 그럴 어찌 내게 보여 줄 수 있다는 거냐?"

설무백은 슬쩍 뒤로 물러나서 태세를 갖추며 자못 공손하게 말했다.

"손 속을 나눠 보면 자연히 알 겁니다. 부디 어리다 외면하지 마시고, 선인(仙人)의 검을 구경할 수 있는 영광을 허락해 주십시오."

석정이 어깨에 기대 놓은 검을 들었다 났다 하며 당최 영문을 모르겠다는 표정으로 설무백을 바라보았다.

"지금 너의 그 모습이 진심이라면 참으로 놀랍구나. 예의고 뭐고 간에 기회만 엿보고 있다가 개처럼 달려들어서 물어뜯는 것이 너희들, 마교가 추구하고 있는 무도(武道)라고 아는데 말이다."

설무백이 이제 더는 일일이 부정하기도 귀찮아서 그저 웃어넘기고 말았는데, 석정이 고개를 저으며 재우쳐 물었다.

"하지만 소용없는 짓이다. 네가 그 어떤 다른 무공을 사용해서 나를 상대한다고 해도 내 생각은 달라지지 않을 거다. 나는 이미 네게서 풍기는 마기를 느끼고 있음이니라."

설무백은 태연하게 웃으며 대꾸했다.

"내 무공을 보라는 것이 아닙니다. 저는 다만 싸워서 이기겠다는 겁니다. 싸워서 이기고도 다시 놓아주면 선배의 생각도 바뀌지 않겠습니까. 제가 악종의 씨라면 하늘이 두 쪽 나도 그럴 이유가 없을 테니까요."

석정이 어이없다는 듯 웃었다.

"싸워서 나를 이기겠다?"

설무백은 안색을 굳히며 냉정하게 대꾸했다.

"능력이 되신다면 이참에 저를 죽여도 좋습니다."

"하하하······!"

석정이 도저히 참을 수 없다는 듯 박장대소했다.

그러다가 한순간 거짓말처럼 웃음을 그친 얼굴로 어깨에 기대고 있던 검을 어깨와 수평으로 해서 옆으로 뻗으며 설무백을 오시했다.

"오냐. 그래, 알았다. 네가 내 검에서 살아남는다면 내 기꺼이 무릎을 꿇고 네 말을 경청할 테니, 어서 병기를 뽑아라!"

설무백은 감사하는 목례를 취하며 두 손을 펼쳐 보였다.

"필요하면 뽑도록 할 테지만, 우선은 두 손으로 모시겠습니다."

석정이 싸늘하게 경고했다.

"광오한 것이냐, 무지한 것이냐? 내가 지금 네 뜻에 따라 주려는 것이 아니라, 너를 죽이기 위해 검을 든 것임을 진정 모르겠느냐?"

"애초에 저를 죽이려고 오신 분이 새삼 경고라니 우습네요. 그럼 내친김에 저도 한마디 하지요."

설무백은 심드렁한 태도로 경고를 덧붙였다.

"제 걱정 마시고 선배 걱정부터 하십시오. 지금 중도를 잃고 저를 그저 오만방자하게만 보고 있지 않습니까. 싸움에 나섰으면 상대를 경시해서는 안 되는 법입니다. 호랑이는 토끼 한 마리를 잡을 때에도 전심전력을 다한다는 것을 상기하시기 바랍니다."

석정이 한 방 맞은 표정이 되었다가 이내 잡념을 털어 내듯고개를 흔들며 준엄하게 일갈했다.

"오너라! 선수를 양보하마!"

설무백은 어디까지나 태연하게 고개를 저었다.

"제가 먼저 가면 선배에게 기회가 없을지도 모릅니다. 그러니 먼저 오십시오. 나중에 방심했다느니 뭐니 딴소리를 듣고 싶지 않습니다."

석정이 눈에 힘을 준다 싶더니, 검을 어깨높이로 수평을 이룬 그대로 붕새처럼 허공을 날아서 설무백을 덮쳤다.

설무백의 말에 따라 준 것이 아니라 더는 참지 못하고 발끈해서 나선 것 같기도 했는데, 어떤 마음이든 간에 기대 이상의공격이었다.

태산처럼 무겁고 파괴적인 기세가 휘몰아쳤다.

수평을 이루고 있던 석정의 검극이 빠르게 전면을 향해서, 바로 설무백을 향해서 움직이는 과정에 일어나는 기의 회오리였다.

설무백은 절로 긴장했다.

석정의 검극이 온전히 자신을 향해 뻗어진다면 실로 돌이길 수 없는 일이 벌어질 것만 같았다.

그래서 애초의 생각대로 기다리지 않고 본능처럼 빠르게 쌍장을 내밀었다.

꽈릉—!

벽력과도 같은 폭음이 터지며 설무백의 쌍장을 통해서 무섭게 응집된 기운이 광폭하게 쏟아져 나갔다.

천기혼원공에 기반한 무극신화강의 완성으로 인해 극강의 경지에 오른 무적의 손, 일명 무극신화수의 강기(罡氣)였다.

보이지는 않지만 느낄 수는 있는 막대한 기운이 허공을 직선으로 가르며 석정을 노리고 있었다.

"……!"

석정의 눈이 커졌다.

쇄도하던 그는 감히 경시할 수 없다고 느낀 듯 그대로 허공에서 멈추며 설무백을 겨누려던 검을 휘돌려서 전면을, 바로 강렬하게 짓쳐드는 강기를 크게 베었다.

꽝—!

우레와 같은 폭음이 터졌다.

그리고 장내의 공기가 우렁우렁 일더니 엄청난 반탄력이 일어났다.

주변의 아름드리나무들이 우수수 부러져 나가고, 지근거리의 땅바닥이 움푹 파였다.

설무백은 쌍장을 내민 채로 두 발로 고랑을 만들며 주룩 밀려 나갔고, 석정은 허공에서 몇 바퀴나 돌며 날아갔다.

"갈!"

저만치 멀어진 하늘에서 멈춘 석정이 검을 바로 하고 외마디 고성을 내지르며 설무백을 향해 날아들었다.

설무백을 겨눈 그의 검에서 백색의 광망이 뿜어 나왔다.

마치 빛의 덩어리로 이루어진 거대한 검을 뻗어내는 것처럼 보이는 엄청난 광경이 연출되고 있었다.

그 빛줄기 하나하나가 검사(劍絲)의 경지를 넘어선 검강(劍罡)의 기운임은 두말할 나위도 없었다.

그렇지만 설무백이 더 빨랐다.

쐐애액-!

설무백은 벌써 허깨비처럼 두둥실 허공으로 떠올라서 쇄도해오는 석정을 마중하며 손을 내밀고 있었다.

어느 순간에 뽑아 들었는지 모를 한 자루 검이, 바로 환검백아가 허공에 원을 그리는 중이었다.

강렬하게 번쩍이는 빛, 섬화(閃火)로 이루어진 원, 거대한 달무리가 그려졌다.

때를 같이해서 석정의 검극이 쏘아 낸 백색의 광망이 거기 충돌해서 엄청난 폭발을 일으켰다.

꽈광-!

벽력이 터지고 뇌성이 우는 가운데, 눈부신 빛줄기의 폭사가 일어났다.

한순간 명멸한 눈부신 광망으로 인해 하늘이 무너지고 대지가 사라지는 것 같은 환상이 일어났다.

설무백이 허공에 선 채로 주룩 밀려 나갔다.

석정은 앞서와 마찬가지로 허공에서 몇 바퀴나 돌며 저 멀리 날아가고 있었다.

지닌 바 내공의 힘에서 적잖은 차이가 드러나고 있는 것이다.

"믿을 수 없다!"

이십여 장이나 튕겨 나가다가 겨우 신형을 바로잡은 석정은 피가 나도록 입술을 깨물며 현실을 부정했다.

설무백의 공격은 그때부터 시작이었다.

석정은 현실을 부정하는 와중에도 설무백의 손에 들린 검극이 불규칙한 각도로 움직이면서 뻗어지는 것을 조금도 놓치지 않았다.

어떤 종류의 검법인지는 알 수 없어도 그의 전면을 향해서, 정확하게는 그의 콧등을 노리는 단순한 공격으로 보았다.

그래서 그는 간단하게 자리를 바꾸는 것으로 피하며 반격을 도모하려 했다.

그러나 설무백의 공격은 그가 생각한 것처럼 그리 단순한 것이 아니었다.

불규칙한 각도로 움직이며 뻗어지는 설무백의 검극은 그에게 향하는 것이 아니라 기이한 호선을 그리고 있었다.

워낙 빠른 움직임이라 어지간한 고수는 전혀 볼 수 없을 테지만, 그것을 능히 볼 수 있는 고수가 그였다.

춤을 추듯 기묘한 각도로 움직이는 설무백의 검극 아래 순식간에 수십 개의 작은 원이 허공에 그려졌다.

석정은 그제야 단순한 공격이 아님을 실감하며 멀찍이 뒤로 물러나는 회피를 선택했다.

어느 것이 실초고, 어느 것이 허초든 간에 모든 방위를 다 막아 낼 수도 있을 테지만, 그랬다가는 손이 열 개라도 반격할 기회를 잡기 어려울 테니 일단 물러나서 공세를 피하고 반격을 도모하는 것이 옳다는 판단이었다.

하지만 그는 물러나지 못했다.

물러날 수 없었다.

순식간에 장내가, 사방팔방 모두가 설무백의 검극이 만들어 놓은 작은 원으로 가득 찼기 때문이다.

이건 마치 시간이 멈춘 것 같았다.

잠시 다른 세상이 펼쳐진 것 같기도 했다.

주변을 가득 메운 채 나풀거려서 수천, 수만 개의 나비처럼도 혹은 꽃잎처럼도 보이는 작은 원들은 그렇듯 꿈속에서나 볼 수 있는 환상과 같은 모습이었다.

"오……!"

석정은 절로 감탄했다.

실로 몽환적인 광경에 홀려서 자신의 처지를 잊어버린 것처럼 보였다.

하지만 그게 아니었다.

그는 지금 설무백의 펼치는 검공의 내력을 익히 잘 알고 있었기 때문이다.

"네가 나백의 제자란 말이더냐?"

그랬다.

지금 설무백은 천하제일 고수인 무왕 석정을 상대로 환검의 절정이자 정수인 나백의 최후심득, 역천마뢰인을 펼친 것이다.

"하나, 석년의 나백도 내게는 안 되었느니라!"

석정이 이내 매섭게 일갈하며 수중의 검으로 전면을 크게 베었다.

검에서 뿌려진 서릿발 같은 냉광이 맹렬하게 사방으로 비산했다.

단 한 동작처럼 보이나, 실제는 셀 수도 없이 무수한 검 그림자가 만들어지며 마치 앞서처럼 거대한 빛이 폭발해서 사방으로 뿜어지는 것처럼 보였다.

순간!

쐐애액-!

매서운 소음이 뒤엉키며 사방으로 비산한 눈부신 광망이 설무백의 검극이 허공에 뿌려 놓은 작은 원들의 군락을 한꺼번에 휩쓸어 버렸다.

환영들이 물거품처럼 사라져 버린 것이다.

그러나 그처럼 엄청난 신위를 발휘한 석정은 다음 순간, 경악과 불신에 찬 눈빛을 드러낸 채 얼음처럼 굳어져 버렸다.

허공을 수놓고 있던 수천, 수만의 작은 원들이 물거품처럼 사라지며 동시에 나타난 한 자루 장창의 서슬이 그의 미간을 겨누고 있었기 때문이다.

설무백의 손에 들린 장창이 아니었다.

장창은 스스로가 살아 있는 생명체처럼 수평으로 허공에 두둥실 떠서 석정의 미간을 겨누고 있었다.

설무백이 역천마뢰인을 스스로 거두면서 펼친 이기어술이었다.

"그러게 성치 않은 그 몸으로 왜 덤비고 그래요?"

설무백은 석정이 경악과 불신에 찬 눈빛으로 바라보고 있는 묵빛의 양날 창, 흑린의 창날 너머에서 슬쩍 손을 당기며 타박했다.

흑린이 마치 주인이 부르는 소리를 들은 개처럼 돌아와서 그의 머리 위를 빙글빙글 맴돌았다.

한손에 든 환검 백아의 눈부신 광휘와 머리 위에서 흑린의 요사스러운 움직임이 더해진 그의 모습은 사람이 아닌 선계의 신선처럼 보였다.

그 상태로 그는 뚜벅뚜벅 석정의 곁으로 다가가서 타박하고는 재우쳐 확인했다.

"아무려나, 약속 지키는 거죠?"


세상이 다 아는 천하제일 고수 무왕 석정은 한쪽 눈이 없는 외눈박이가 아니었고, 한쪽 다리가 철각도 아니었다.

그러나 외눈박이에 한쪽 다리가 철각인 모습으로 설무백을 찾아온 노인은 세상이 다 아는 천하제일 고수 무왕 석정이 틀림없었다.

설무백을 상대로 그가 펼친 검공은 천하에서 오직 무왕만이 펼칠 수 있다는 여의신검(如意神劍)이었기 때문이다.

설무백이 석정에게 성치 않은 몸이라고 한 이유가 바로 거기에 있었다.

자세한 내막은 알 도리가 없으나, 무왕 석정은 그 자신의 입으로 밝힌 것처럼 동귀어진을 도모한 천마공자와의 격전으로 한쪽 눈과 한쪽 다리를 잃었던 것이다.

다행히도 석정은 약속을 외면하지 않고 대화에 나서서 설무백은 그와 같은 사연을 자세히 듣게 되었다.

"놈들이 준동하고 있다는 사실을 내가 알게 된 것은 실로 우연이었다."

과거 석정은 소뢰음사의 장로들인 악인혈불(惡人血佛)과 야불존자(夜佛尊子)를 만나러 서장에 갔었다.

물론 친분을 가지고 그들을 만나러 간 것이 아니었다.

모질게 마음먹고 그들을 제거하기 위함이었다.

악인혈불과 야불존자의 잔인무도한 악행이 서장의 하늘과 땅을 피로 물들인다는 소문을 듣고 도저히 그냥 넘어갈 수가 없었다.

그러나 아쉽게도 석정은 서장에서, 정확히는 소뢰음사에서 그들을 만날 수가 없었다.

소뢰음사에 그들이 없었다.

모종의 이유로 그들이 자리를 비웠던 것이다.

석정은 그대로 포기하지 않았고, 지닌 바 인맥을 총동원해서 수소문한 끝에 겨우 그들의 행적을 파악할 수 있었다.

악인혈불과 야불존자는 극비리에 천산북로(天山北路)를 거슬러서 중원으로 입성했고, 섬서와 산서, 하남을 횡단해서 산동의 동부 끝자락에 속하는 황도포구(黃島浦口)를 통해 해동(海東)으로 간 것이다.

석정은 역시나 포기하지 않았다.

그는 즉시 악인혈불과 야불존자를 추적해서 중원으로 돌아왔고, 마찬가지로 산동의 황도포구에서 배를 타고 해동으로 건너갔다.

석정은 그때 알게 되었다.

정확히는 악인혈불과 야불존자를 찾아낸 직후에 알 수 있었다.

악인혈불과 야불존자가 힘들게 대륙을 횡단하고 바다를 건너면서까지 해동으로 갔던 이유는 오직 한 사람을 만나기 위함이었다.

놀랍게도 그 사람은 바로 천마의 후계자라고 하는 천마공자
였다.

석정은 그것을 운명으로, 그야말로 하늘의 계시로 받아들였
다.

"하지만 아무리 나라도 그들, 셋을 한꺼번에 상대할 자신은
없었다. 그래서 틈을 노리다가 악인혈불과 야불존자를 먼저
제거하고 나서 천마공자를 노렸다. 그러다가 동귀어진을 노린
그놈의 발악에 당해서 이 모양 이 꼴로 십 년이 넘도록 사경을
헤매게 됐지. 흐흐흐……!"

설무백은 자신도 모르고 있는 자신의 과거가 나오는 시점이
라는 생각에 절로 안색이 굳어져서 물었다.

"그가, 천마공자가 선배와 동귀어진을 노린 이유가 저 때문
이라는 거겠죠?"

석정이 새삼 그날의 기억이 떠오르는지 예사롭지 않는 눈초
리로 설무백을 바라보며 대답했다.

"처음에는 몰랐다. 내가 그자를 덮친 장소가 해구에서 내륙
으로 들어가는 길목을 지나서 자리한 조금 더 들어간 객점(客店)
이었는데, 격전을 벌이는 와중에 무너진 객점의 귀퉁이를 비집
고 나와서 장내를 떠나는 여인을 발견하고서야 알게 되었다.
천마공자가 전에 없이 긴장하며 앞을 막아섰는데, 그런 그를
애달프게 바라보며 장내를 떠난 그 여인은 만삭의 몸이었으니

모를 수가 없었지."

설무백은 거두절미하고 단도직입적으로 물었다.

"그 뱃속의 아이가 저라는 것을 어떻게 그리 확신하는 겁니까?"

"아직도 내가 착각한다고 생각하는 거냐?"

"대답이나 하시죠?"

석정이 냉소를 날리며 대답했다.

"그자, 네 아비 천마공자가 제법 강하긴 했다. 내가 절대 방심하지 않았음에도 보다시피 이렇게 됐으니까."

그러나 당시 석정의 몸은 외상이 아니라 내상이 더 큰 문제였다.

너무나도 엄중한 내상이라 당시에는 도주한 그 여자를 쫓아갈 여력이 전혀 없었다.

살려면 무조건 치료가 먼저였고, 그는 그렇게 했다.

남은 여력을 쥐어짜서 가까운 산으로 갔고 죽을힘을 다해 토굴을 파고 들어가 운기조식에 들었다.

당시 해구 인근은 중원에서 건너온 상인들과 중원으로 건너가려는 상인들이 집결하는 장소라 도둑도 많고 마적들도 들끓어서 하루가 멀게 싸움이 벌어지는 무법지대였기 때문에 그런 조치가 필요했던 것인데, 결과적으로 그는 그 덕분에 살 수 있었다.

토굴을 파고 들어가서 운기조식에 들어간 그가 깨어났을

때, 세상은 이미 십여 년이 지나 있었기 때문이다.

그는 운기조식을 하는 와중에 혼수상태에 빠져 버렸고, 어느 정도의 시간이 흘렀는지는 모르지만, 내면의 의식이 돌아온 그는 자신이 깨어날 수 없는 상태라는 것을 인지하고는 스스로 가사 상태에 들어서 육체에 남아 있는 체력을 최대한 보전하는 한편, 깨어날 수 있는 방법을 모색했는데, 그 기간이 장장 십여 년이 걸렸던 것이다.

그야말로 천우신조였다.

그리고 그였기에, 바로 천하제일 고수인 무왕 석정이었기에 가능한 일이었다.

"다행인 것은 하루아침에 십여 년이 지나 버린 것처럼 내가 가진 기억이나 감각이 그날의 모든 것을 어제 일처럼 그대로 간직하고 있었다는 거다."

가사상태에서 벗어난 석정은 거동할 수 있는 체력을 얻자마자 그녀의 흔적을 찾아 나섰고, 해구 인근을 몇 달 동안이나 이 잡듯이 뒤진 끝에 해변을 낀 야산에서 그녀의 주검을 발견했다.

스스로 땅속에 들어가서 죽었을 리는 없을 테니, 누군가 죽은 그녀를 묻어 준 것으로 보였는데, 육체는 썩어서 백골로 변했을지언정, 당시 입고 있던 비단옷과 쪽진 머리를 고정한 봉잠(鳳簪)은 여전히 그날의 형태를 유지하고 있었기에 충분히 알아볼 수 있었다.

"그런데 뱃속의 아이가 없더군. 어미의 썩은 육체가 어느 정도 형태를 유지하고 있는 것으로 봐서는 뱃속에 있던 아이의 뼈가 남아 있어야 정상인데, 그런 흔적이 전혀 없었어. 이미 출산을 했다는 뜻이지."

석정은 싱긋 웃는 낯으로 설무백을 쳐다보며 부연했다.

"그다음은 비교적 쉬웠다. 당시 그 인근에서 해동의 상인들이 마적들에게 떼죽음을 당하는 사건이 벌어졌고, 당시 그 길을 지나던 대륙의 장수 하나가 살아남은 갓난아이 몇을 구해서 데려갔다고 하더군. 네가 생각해도 우연치고는 너무 공교롭지? 나도 그랬어. 그래서 그 아이들이 발견된 장소를 뒤지다가 결국 내가 이걸 발견했지 뭐냐."

석정은 품에서 한 자가량의 봉잠 하나를 꺼냈다.

그게 그의 지난 설명 속에 들어 있는 여인의 봉잠이라는 것을 깨달은 설무백이 슬쩍 미간을 찌푸리는데, 그가 슬쩍 하나의 봉잠을 더 꺼내서 흔들어 보이며 씩 하고 웃었다.

"같은 봉잠이지. 근데, 두 개야. 왜 두 개일까?"

설무백은 이제 더 이상 듣지 않고도 짐작할 수 있었다.

어미는 아기를 살리기 위해서 떼어 놓는 마지막 순간까지도 언제고 아기를 찾겠다고 다짐하며 아기에게 징표를 남겨 둔 것이다.

왠지 모르게 가슴이 아려 왔다.

석정이 그런 그의 마음을 아는지 모르는지 들고 있던 두 개의 봉잠을 다 설무백에게 던져 주었다.

설무백이 얼떨결에 두 개의 봉잠을 받아 들자, 석정이 다시
말했다.

"아기의 손에 쥐어 주지는 않았을 거야. 그러기엔 너무 크
지. 아마도 품에 넣어 주었을 텐데, 누가 아이를 발견했는지
는 몰라도 적잖게 무신경한 사람이었나 봐. 아니면 아이에게
만 너무 정신이 팔려 있어서 다른 건 신경 쓰지 않은 것인지도
모르고."

설무백은 못내 미소를 지었다.

아마도 후자일 가능성이 내우 높았다.

그가 그간 겪어 봐서 아는 왕인은 그런 성품의 사람이었다.

석정이 은연중에 그의 기색을 살피며 설명을 이어 나갔다.

"아무려나, 그날 거기서 중원으로 건너간 아이는 모두 넷.
내가 중원으로 돌아와서 몇 년간 칩거하며 어느 정도 예전의
무공을 회복한 다음에 찾아다녀 보니까, 장군부에서 자란 두
아이 중 하나인 네가 바로 그자의 핏줄이더군. 첫눈에 알아봤
다. 그자에게서 느껴지던 마기가 네게서 느껴졌으니까."

수중의 봉잠을 살펴보던 설무백은 불쑥 말했다.

"후자일 겁니다."

"응?"

"내가 진짜 악종의 씨가 맞다면 나를 발견했을 때 이 봉잠을
놓친 사람은 아마도 후자의 경우였을 거라고요."

석정이 미소를 드러냈다.

그는 설무백이 후자의 경우라고 말하는 사람이 누군지 알고 있었다.

"왕인이라는 그 장수 말이지?"

"예."

"인정하는 거냐? 네가 천마공자의 핏줄이라는 거?"

설무백은 고개를 저었다.

"아직은 몰라요. 내가 당시 해구에서 구해진 네 아이 중 하나인 것은 틀림없는 사실이지만, 내가 천마공자의 핏줄이라는 확실한 증거는 아직 하나도 없으니까요."

석정이 냉정하게 물었다.

"내가 지금 너에게서 당시 천마공자가 풍기던 마기를 느낀다는 사실을 믿지 못하겠다는 거냐?"

설무백은 무심하게 고개를 저었다.

"아니요. 그럴 수 있어요. 하지만 그게 내가 천마공자의 핏줄이라는 증거는 되지 못해요. 그건 내가 지금 당장이라도 설명해 줄 수 있어요."

석정이 그게 무슨 말도 안 되는 억지냐는 듯 오만상을 찡그리며 언성을 높여서 반박했다.

"가당치 않은 소리! 내가 지금 네게서 당시의 천마공자와 같은 마기를 느끼고 있다고 하질 않느냐! 설마 너는 내가, 이 천하의 석정이 거짓말을 하거나 착각을 하고 있다고 생각하는

천외천의
주인

게냐?"

"아니요."

설무백은 대수롭지 않게 부정하며 슬쩍 왼손 손바닥을 측면으로 내밀며 내력을 주입했다.

"다만 저는 이것 때문에요."

내력을 주입한 설무백의 손바닥에 눈동자를 닮은 검은 문양이 나타났고, 나타났다 싶은 순간에 검은 기류를 토해 내며 불쑥 검붉은 형체가 솟아났다.

검은 불꽃같이 이글거리는 마기를 토해 내는 검붉은 칼날 혹은 검붉은 수정과 같은 결정체인 천마검이었다.

"얼마 전에 제가 얻은 기연입니다. 천마십삼보 중의 하나지요. 개인적으로는 천마검이라고 생각하는데, 아직 단정할 수는 없습니다. 이놈이 멀쩡히 살아 있어서 내게 귀속되기를 거부하며 종종 제멋대로 행동하거든요."

"……!"

석정이 두 눈을 크게 부릅뜬 채로 설무백의 손바닥에서 솟아 나온 천마검을 바라보았다.

너무나도 당황스러웠는지 그는 입조차 떼지 못하고 있었다.

설무백은 내력을 거두어서 점점 더 검붉게 이글거리는 천마검을 회수했다.

마치 불꽃이 꺼지듯이 손바닥 속으로 스며들어 가는 천마검의 모습은 그 자체로 신기한 하나의 괴사(怪事)였다.

그런데 그만큼이나 신기한 괴사처럼 보이는 상황이 연이어 벌어졌다.

설무백의 손에 들린 환검 백아가 늘어났던 고무줄을 놓은 것처럼 빠르게 줄어들며 사라졌고, 그의 머리 위에 두둥실 뜬 채로 마치 살아 있는 생명체처럼 시선에 따라 움직이던 양날 창 흑린이 한순간 뱀처럼 구불구불하게 휘어져서 그의 소매 속으로 사라졌다.

그가 석정에 대한 경계를 풀고 모든 내력을 거둔 결과였다.

"……."

석정이 새삼스러운 눈빛으로 설무백을 바라보았다.

설무백은 상관하지 않고 하려던 말을 계속했다.

"……하지만 저조차 의심스럽긴 하네요."

"……."

"그럼에도…… 어쩌면 지금 부모의 죽음에 대한 사연을 듣는 것일지도 모름에도 제가 전혀 슬프지 않은 것은 나름 말하기 어려운 다른 이유가 있어서니까 부디 다른 오해는 하지 마세요."

"……."

"아, 이놈을 원래부터 내가 가지고 있었던 거라는 의심도 사양합니다. 이걸 아는 우리 식구들이 적지 않아요. 내가 금방 탄로 날 거짓말을 할 정도로 바보로 보이진 않죠?"

"……."

천외천의
주인

"그렇지만……."

대답을 듣지도 않고 말문을 열자마자 말꼬리를 늘인 설무백은 쓰게 입맛을 다시는 모습으로 석정을 바라보며 덧붙여 말했다.

"지금 당장이라도 내 말이 사실이라는 것을 증명해 줄 사람이 여섯 명이나 되지만, 고작 그들의 말만 가지고 내 말을 믿고 확인해 보지 않을 분이 아니시라는 걸 잘 아니까, 같이 가시죠?"

설무백의 말이 다 끝나기도 전에 여섯 사람이 모습을 드러냈다.

공야무륵을 비롯한 검영과 허저, 태양신마와 무몽 등이 측면의 수풀을 헤치며 나왔고, 흑영과 백영이 석정의 뒤에서 홀연히 모습을 드러내는 가운데, 요미가 설무백의 그림자 속에서 유령처럼 솟아났다.

굳이 나서지만 않았을 뿐, 설무백과 석정이 격돌하는 사이에 그들은 벌써 장내에 도착해 있었던 것이다.

사실을 말하자면 길을 잃어버린 아이처럼 아무런 결정을 내리지 못하고 있던 석정의 마음이 바뀐 것은 바로 그들의 등장이 결정적이었다.

석정은 진작 그들의 존재를 인지하고 있었다.

다만 싸움을 방해하지 않을 목적으로 숨죽이고 있던 그들과 설무백의 말을 듣고 모습을 드러낸 그들의 존재감은 차원이 달랐고, 그는 능히 그것을 모두 꿰뚫어 볼 수 있는 눈을 가진 사람이었다.

특히 그들 중에는 그가 아는 인물도 있었다.

대체 어떻게 이런 조합이 가능한 것인지는 모르겠지만, 숲을 헤치고 나아서 모습을 드러낸 그들 중의 한 사람은 놀랍게도 과거 그와 손을 나눈 적이 있던 관외의 절대 고수 태양신마였다.

태양신마도 그를 알아보고 싱긋 웃었다.

석정은 그 바람에 새삼 정신이 혼란스러워서 대답을 하지 못했다.

설무백이 그때 채근했다.

"가실 거죠?"

본능처럼 정신을 차린 석정은 자신도 모르게 흠칫하며 설무백을 바라보았다.

"어디를?"

설무백은 특유의 미온한 미소를 지어 보이며 대답했다.

"어디긴요? 당연히 풍잔이죠."

석정이 쓰게 입맛을 다셨다.

그게 승낙은 아니었는데, 설무백은 그걸 무언의 승낙으로 인정한 것처럼 더 이상 묻지 않고 돌아섰다.

석정은 그냥 묵인했다.

그렇게 해서 귀가하는 설무백의 일행에 한 사람이 더 늘어

나게 되었다.

늘어난 그 한 사람은 무려 자타가 공인하는 천하제일 고수
였다.

우습지 않게도 정작 풍잔은 하루가 멀다 하고 찾아와서 문
을 두드리는 비무자들과 낭인, 식객 등으로 몸살을 앓느라 천
하제일 고수가 아니라 천하제일 고수의 할아비라도 환영할지
어떨지 미지수였지만 말이다.

"누구라고?"

"초벽(草霹)과 적우(赤雨)라는 사내들인데, 관외제일존(關外第一
尊) 태양신마를 모시는 일륜회의 당주들이라고 하대?"

"태양신마 복양홍일의 일륜회라면 잘 알지. 그런데, 관외
제일존이 아니라 빙백신군 희산월과 더불어 관외쌍신의 하나
잖아?"

"자기들끼리는 그렇게 부르나 보지."

"그런가? 아무튼, 그래서 관에 있던 걔들이 뭐 주워 먹을 것
이 있다고 여기까지 왔다는 거야?"

"태양신마가 주군과 함께 있대. 사정이 있어서 자기들 보고
먼저 가라고 했다네?"

"뭐?"

집무실에 앉아서 최근 부쩍 늘어난 풍잔의 소모품 내역을
정리하며 호풍대주인 광풍구랑 맹효의 얘기를 듣던 제갈명은
번쩍 정신이 들어서 자리를 박차고 일어났다.

"아니, 그걸 왜 이제야 말해!"

맹효가 대수롭지 않게 어깨를 으쓱이며 대꾸했다.

"그보다 더 귀찮은 일이 벌어져서."

"응?"

제갈명은 절로 미간을 찌푸리며 물었다.

"그게 무슨 소리야?"

맹효가 말했다.

"걔들은 청룡각(靑龍閣)에 거처를 마련해 주라고 애들에게 시켰어. 주군이 보낸 게 확실한 것 같아서. 근데, 걔들 뒤를 따라온 애들이 문제야."

"일행인가?"

"뒤를 따라오기에 나도 일행인 줄 알았지만, 아니었어."

"그럼 누군데 문제라는 거야?"

"무도 수업에 나선 젊은 도사라는데, 이름이 무허라고 하더군."

"무허? 어째 이름이 낯설지 않네?"

"……?"

잠시 고개를 갸웃거리던 제갈명이 갑자기 그대로 굳어서 입을 딱 벌리며 두 눈을 크게 떴다.

"맞다! 화산파의 제자다! 화산칠검의 막내!"

"아……!"

맹효가 이제야 알겠다는 듯 고개를 끄덕이며 납득했다.

"그래서 그렇게 그랬던 거구나! 어째 기도가 예사롭지 않아서 자꾸 눈에 거슬리더라고!"

제갈명이 끌끌 혀를 차며 맹효를 보았다.

"눈에 거슬리기만 하디?"

맹효가 눈치를 멀쩡해서 멀거니 바라보며 눈을 끔뻑였다.

"뭐가 더 있는 건데?"

제갈명이 눈총을 주었다.

"전에 주군이 해 준 말 벌써 잊었냐? 화살칠검의 막내인 무허가 화산제일검 경빈진인의 숨겨진 제자고, 나중에 대를 이어 화산제일검의 자리에 오를 테니, 주의하라고 했잖아!"

"아참, 그렇지!"

맹효가 이제야 기억난 듯 이마를 쳤다.

그러고는 갑자기 창백한 얼굴로 얼어붙으며 제갈명을 쳐다봤다.

제갈명의 안색도 창백해졌다.

"이미 무슨 사고 쳤구나, 너?"

맹효가 어색한 웃음을 흘렸다.

"매우 수상쩍은 기도인 데다가, 사람 좋은 눈빛으로 쳐다보면서 꼬박꼬박 말대꾸하는 태도가 영 거슬려서 마침 교대하고 복귀한 무면귀(無面鬼)에게 맡겼거든. 한 수 가르쳐 주라고 했더니만 자기는 가르쳐 주려고 싸우지 않는다고, 그냥 죽이기 위해 싸운다고 해서 그럴 수 있으면 그렇게 하라고……."

"이런, 젠장!"

제갈명은 버럭 욕설을 뱉으며 물었다.

"어디로 갔는데?"

"아마 풍무장으로……."

맹효의 대답이 미처 끝나기도 전에 제갈명은 이를 악물고 전력을 다해서 밖으로 내달렸다.

그럴 수밖에 없었다.

무면귀는 늘 무표정한 철마립의 별명이었고, 철마립은 예나 지금이나 한번 한다면 하는 사내였다.

철마립이 뜻을 이루어도 문제고, 뜻을 이루지 못해도 문제였다.

대개 그런 사람은 뜻을 이루기 위해서라면 자신의 목숨도 추호도 거리낌 없이 내놓기 마련인 것이다.

무조건 막아야 했다.

그러나 맹효의 말은 아직 다 끝난 것이 아니었다.

그는 급히 따라가며 소리쳤다.

"그것만이 아니라 다른 문제도 있어! 어디서 놀던 애들인지는 몰라도 대여섯 명이 몰려와서 시위를 하고 있다고! 보니까 제법 한가락 하는 애들인 것 같은데, 걔들은 어떻게……?"

"네가 애냐?"

제갈명이 뒤도 안 돌아보고 내달리며 악을 썼다.

"너 호풍대주잖아! 애처럼 징징대지 말고, 제발 그 정도는 네가 알아서 처리해라!"

맹효는 머쓱해진 표정으로 제갈명을 따라가던 발길을 멈추었다.

그리고 어깨를 으쓱하며 의미심장한 미소를 지었다.

"그러게 말한다면야 어쩔 수 없지."

대도무문大道無門 (3)

제갈명은 전력을 다해서 뛰고 있었지만, 안타깝게도 때는 이미 늦었다.

무허와 철마립은 이미 풍무장에 도착해서 한 번의 격돌을 끝내고 서로를 마주보며 대치하고 있었기 때문이다.

'고수다!'

무허를 마주한 철마립의 판단이었다.

고작 검과 검이 충돌하는 단 한 번의 격돌에 불과했으나, 그는 그것을 절실하게 깨달을 수 있었다.

그리고 그것은 철마립을 마주한 무허도 다르지 않았다.

'고수다!'

철마립의 병기는 보통의 칼과 달리 칼끝이 아주 날카롭게

날이 서 있어서 소위 미첨도(眉尖刀)라 불리기도 하는 장도인 야도(野刀)였다.

그런데 검과 검이 부딪친 단 한 번의 격돌을 끝내고 나서 마주보는 지금 이 순간, 무허의 눈에는 철마립이 보이지 않았다.

그리 작지 않은 철마립의 체구가 앞으로 내밀어진 야도의 뒤로 완전히 숨어 버렸다.

바로 검기상인(劍氣傷人)을 뛰어넘는 검신일체(檢身一體)의 경지였다.

철마립은 한 번의 격돌로 무허의 능력을 충분히 가늠하며 검에 내공을 주입해서 무형의 검기를 일으키고 그것으로 상대를 상하게 하는 것은 같으나, 검과 하나가 되어 움직이며 공방일체의 묘리를 실현하는 채로 상대를 공격하는 고도의 수법으로 전환한 것이다.

'곤란하군. 아무래도 이십사수매화검법(二十四手梅花劍法)으로만 상대할 수는 없겠는걸.'

무허는 내심 곤혹스러웠다.

그도 그럴 것이, 이번 그의 강호행은 사문인 화산파의 율법에 따라 사부의 허락을 받아서 시작되었다.

다만 이번 그의 강호행은 분명 성장을 위한 비무를 목적에 두고 있기는 하나, 이십사수매화검법 이외의 검법은 허락되지 않았다.

"무허야, 이번에 네게 주어진 강호행의 의미를 아느냐?"

"싸움을 배우라는 뜻으로 알고 있습니다."

"그래, 옳다. 이번 너의 강호행은 대전(對戰)를 통해서 그간 배우고 익힌 구결과 동작을 확인해 봄으로써 산에서의 수련이나 비무를 통해서는 절대 배울 수 없는 실전의 경험을 익힐 수 있는 기회를 제공하기 위함이니라. 다만 이 사부는 네가 한 가지 숙제를 내려 한다."

"하교하십시오, 사부님."

"바라건대, 싸울 기회가 생기거든 상대를 가리지 말고 무조건 싸워도 좋다. 단, 오직 이십사수매화검으로만 싸워야 한다. 이는 사문의 율법과 무관하게 오직 너의 발전을 도모하려는 이 사부의 책략인 바, 반드시 그래야 한다. 그리할 수 있겠냐?"

"네, 알겠습니다. 꼭 그리하겠습니다, 사부님."

"물론 목숨이 위태로운 지경이라면 어쩔 수 없는 일이지. 이십사수매화검으로 넘어서지 못할 적을 만나거든 이 사부와의 약속을 어겨도 무방하다. 대신 그 이후에는 세상의 그 어떤 수치를 떠안더라도 강호행을 포기하고 곧장 산으로 복귀해라. 너의 목숨은 너의 것이 아니라 장차 강호 무림을 짊어지고 갈 화산파의 것이니, 이것 또한 명심 또 명심해야 하느니라. 알겠느냐?"

"예, 명심 또 명심하겠습니다, 사부님!"

무허는 사부의, 바로 화산파 장로원의 원로이기 이전에 화산
제일검으로 통하는 경빈진인의 엄명을 상기하며 절로 어두운
기색이 되었다.

지금 그가 대치하고 있는 상대, 철마립은 아무리 생각해도
이십사수매화검만으로 상대할 수 있는 상대가 절대 아니라는
판단이 들었기 때문이다.

이십사수매화검은 화산파를 대표하는 검법이긴 하나, 화산
파의 최고인 검법은 전혀 아닌 것이다.

'우선 시도는 해 봐야겠지만, 결국 한 번의 비무로 이번 강
호행을 끝내야 할 것 같아서 심히 아쉽군.'

무허는 결국 마음을 다잡고 수중의 검극을 비스듬히 사선으
로 내렸다.

이십사수매화검만으로는 도저히 철마립을 상대할 수 없다
는 결론을 내리고 비장의 절초를 꺼내 든 것이다.

화산검진의 최고봉인 십방매화검진(十方梅花劍陳)의 모태가 검
법이라 일명 십방매화검(十方梅花劍)이라고도 불리는 화산검법의
정화인 산화무영검(散花無影劍)이 바로 그것이었다.

천외천의
주인

그때였다.

어디선가 두런두런 대화를 나누는 목소리가 들려왔다.

"오호, 산화무영검? 역시나 경빈의 제자였군그래."

"첫눈에 저게 산화무영검의 기수식이라는 것을 알아보는 것
도 신기한데, 그것만으로 어찌 저 친구가 경빈진인의 제자라
는 것까지 단정할 수 있는 겁니까?"

"우리가 화산파에 대해선 그만큼 잘 알지. 게다가 지금은 그
것만으로 알아본 게 아니라, 저 녀석의 태도가 하도 수상쩍어
서 알아본 거야."

"태도가 수상쩍어서요? 어떤 태도가요?"

"무당파의 무공이 태극검(太極劍)과 태극기공(太極氣功)으로 통
하는 것처럼 화산파의 무공은 매화검(梅花劍)과 매화기공(梅花氣
功)으로 통하는 건 알고 있지?"

"그야 물론 알고 있죠."

"그게 왜 그런가 하면, 무당파의 무공은 만물의 근원이라는
태극(太極)에 기반하고, 화산파의 무공은 세상에 스스로 존재하
는 자연에 기반하며 그 상징으로 자연의 모진 한파를 딛고 피
어나는 매화(梅花)를 택했기 때문이야."

"어째 말이 딴 길로 새는 것 같네요?"

"새는 게 아니라 그걸 알아야 다음 걸 제대로 알아들을 수 있
는 거야. 아무튼, 그래서 무당파의 기본 검공이 그 이름도 거창
한 태극혜검(太極慧劍)인 것처럼 화산파의 기본 검공은 그 이름도

거창한 이십사수매화검이지."

"그런데요?"

"그런데 저 녀석은 화산파의 기본 검공인 이십사수매화검만으로 저 철 가 녀석의 이매도(魑魅刀)의 한 초식을 막아 냈을 뿐만 아니라, 어째 힘이 부친다 싶으니까 대번에 화산파의 최고 검공으로 평가받는 산화무영검으로 펼쳤단 말이지. 그래서 아는 거야."

"……아무리 그래도 그것만 가지고 단정하기는…….."

"단정해도 돼. 산화무영검이 경빈 그 말코의 장기라는 것은 차치하고, 화산 검공의 기본인 이십사수매화검을 완벽하게 익혀야만 비로소 산화무영검도 완벽에 도달할 수 있다는 것이 경빈 그 말코의 주장이니까."

"아, 그래서……!"

무허는 감히 사부를 말코라고 하는 소리를 듣자 더는 참지 못하고 대화 소리가 들려오는 어둠 속을 향해 손을 펼쳤다.

예리한 바람소를 동반한 한줄기 섬광이 그의 손에서 뻗어져 나갔다.

살수가 아니라 살수로 보고 피하라고, 즉 모습을 드러내라고 펼친 암기였다.

그러나 어둠 속에서 대화를 나누고 있던 사람들은 그의 예상을 뛰어넘는 고수들이었다.

그들 중 한 사람이 그가 던진 암기를 잡아챈 것이다.

"매화수전(梅花手箭)을 쓰다니, 과연 경빈 말코의 제자로군. 이 매화수전 또한 석년의 경빈 말코가 애용하던 화산의 암기지."

표창과 비슷한 모양으로 깃대에 매화를 수놓은 짧은 화살형 암기가 바로 화산파의 비전 암기인 매화수전이었다.

워낙 유명한 암기라 어지간한 무인이라면 첫눈에 알아보는 것이 당연한데, 문제는 상대가 계속해서 경빈진인을 말코라고 부르고 있다는 사실이었다.

무허는 결국 두 눈에 살기를 드러냈다.

이건 엄연히 희롱을 넘어선 신성모독이었다.

"또……! 무엄하게 함부로 입을 놀리지 마라!"

무허는 대치한 철마립을 외면하고 준엄하게 외치며 그대로 새처럼 신형을 날렸다.

그런 그를 보고 어둠 속의 목소리가 말했다.

"암향표(暗香飄)인가?"

무허가 그 사이 지상으로 내려서며 암중에, 정확히는 그냥 바닥에 쪼그리고 앉아 있던 두 사람을 향해 쾌속하게 손을 뻗어 냈다.

쪼그리고 앉아 있던 두 사람 중 하나, 나이 지극한 노인이 자리에서 일어나며 한마디 더했다.

"오행매화보(五行梅花步)도 제법이고, 매화산수(梅花散手)도 제법 수준급이군."

그러면서 가볍게 손을 내밀어서 무허가 내미는 손을, 바로

매화산수를 아무렇지도 않게 툭 쳐 내며 역으로 손목을 잡아
챘다.

무허는 너무 놀란 나머지 반사적으로 다른 한 손을 내밀어
서 상대 노인의 가슴을 쳤다.

그야말로 반사적으로 나간 살수, 매화청심장(梅花淸心掌)이었
다.

그러나 상대, 노인은 아무렇지도 않게 다른 손을 내밀어서
그의 그 손 속도, 바로 집채만 한 바위도 가루로 만드는 매화
청심장마저 중도에 차단해 버리며 손목을 낚아챘다.

동시에 그의 두 손목이 노인의 한손에 뭉쳐졌다.

노인은 그렇게 그의 두 손을 한손으로 제압한 상태로 그의
이마를 거세게 한 대 쥐어박았다.

"무엄하긴 인마, 네가 더 무엄하다, 인마!"

무허는 이마가 깨져 나가는 듯한 고통 속에 정신이 번쩍 들
었다. 그리고 절로 기겁하며 두 눈을 부릅떴다.

상대 노인이 누군지 알아보았기 때문이다.

상대 노인은 바로 그가 과거 사부인 경빈진인과 함께 무당
산에 갔다가 우연찮게 만나 본 적이 있는 무당마검 적현자였
던 것이다.

"저, 적현자 어, 어른신이 어째서 여기에……? 악!"

무허는 새파랗게 질려서 말을 더듬다가 비명을 지르며 털썩
주저앉아 버렸다.

눈에 보이지 않는 속도로 날아온 무당마검 적현자, 바로 검노의 주먹이 다시금 그의 머리를 강하게 쥐어박았기 때문이다.

검노가 고통이 눈에 보이도록 두 손으로 머리를 비비면서도 놀라고 당황한 눈빛으로 자신을 올려다보는 무허를 보자니 조금 미안했던지 딴청을 부리며 말했다.

"그 이름은 버린 지 오래니, 그냥 검노라 불러라."

제갈명이 숨을 헐떡이는 몸으로 장내에 도착해서 주저앉은 무허의 곁에 서 있는 검노와 반천오객의 세 사람인 일견도인, 무진행자, 묵면화상 등을 쳐다보며 가슴을 쓸어내린 것이 그때였다.

"에구구, 다들 여기 계신 줄도 모르고 찾느라 괜한 고생을 했네요. 아무려나, 여기 계셔서 다행입니다. 헥헥……!"

거칠게 숨을 몰아쉬는 제갈명의 곁에는 서둘러 따라온 듯 보이는 예충이 무슨 일인가 싶은 표정으로 장내의 모습을 둘러보고 있었다.

대도무문大道無門 (4)

제갈명이 풍무장에 도착해서 걱정하던 사태가 안전하게 마무리된 것을 확인하고 숨을 돌리는 그 시각, 풍잔의 대문이 자리한 저잣거리의 초입에는 어떤 일단의 무리가 진을 치고 있었다.

하나같이 낡은 승복을 걸친 일곱 명의 승려들이었다.

선두는 방립을 깊이 눌러쓴 건장한 채구의 승려 하나가 우습지도 않게 거리 중앙임에도 태사의를 놓고 앉은 가운데고, 그 뒤에 다섯 명의 중늙은이 승려가 시립해 있고, 다시 그 뒤에는 수십 명의 승려들이 삼엄한 기색으로 도열해 있었다.

놀랍기도 그들은 바로 지난날 사대 살수 단체의 하나였으나, 살막이 멸문지화를 당하는 바람에 이제는 마정, 흑수혈과

더불어 강호삼대살수단체로 자리매김하고 있는 백마사의 살
승들이었다.

선두의 태사의에 앉은 방립인이 바로 마정의 주인인 사혼과
흑수혈의 특급 살수인 흑지주, 그리고 독행지로(獨行之路)로 살
수계의 이단아라 불리는 잔월과 더불어 작금의 강호 무림에서
손꼽히는 십대 살수 중에서도 따로 사대살수의 하나로 꼽히는
백마사의 주지 금안혈승인 것이다.

바로 그 금안혈승이 깊이 눌러쓴 방립을 뒤로 넘겨서 자신
의 별호를 가져다 준 누런 빛깔의 두 눈을 이리저리 뒤룩거려
서 거리를 훑어보며 중얼거렸다.

"대체 얘들은 다 뭐지?"

어이없는 눈빛에 기가 막힌다는 목소리였다.

두 눈을 제외하고 얼굴 전체를 목내이(木乃伊 : 미라)처럼 돌돌
말고 있는 두꺼운 천이 아니라면 황당하기 짝이 없어 하는 그
의 민낯도 고스란히 드러났을 터였다.

금안혈승의 입장에선 그럴 수밖에 없는 것이 그 자신을 비
롯한 백마사의 일백 살승이 전부 다 나선 까닭에 지금 그들의
주변은 굳이 드러내지 않아도 절로 일어난 살기로 충만한 상태
였다.

그런데 지금 그들이 막아선 저잣거리에는 오가는 사람들이
적지 않았고, 하물며 그 사람들 대부분이 그들을 전혀 두려워
하는 기색이 아니었다.

이상하게도 대부분의 사람들이 무관심하게 혹은 그저 묘한 눈초리로 쳐다보며 그냥 지나갔다.

　개중의 일부는 왠지 모르게 저만치 떨어진 곳에 자리를 잡고 서서 바라보고 있었는데, 그들의 눈초리도 이상했다.

　일부는 흥미로운 기색이었으나, 거의 전부가 어쩐지 불쌍하고 가엾다는 기색의 눈빛처럼 보여서 참으로 기분이 더러웠다.

　이건 정말이지 그가 꿈에도 상상하지 못할 정도로 말이 안 되는 상황이 벌어지고 있는 것이다.

　"정말 황당하네?"

　혹한(酷寒)까지는 아니어도 적잖게 싸늘한 날씨였다.

　그래서 제아무리 저잣거리가 무르익는 시간인 해시(亥時 : 오후 9~11시)라 해도 거리에 사람이 많을 거라고 생각하지는 않았다.

　다만 당연하게도 그 인원이 몇이든 간에 그들을 본 사람들은 추운 날씨보다 더 두려운 공포로 새파랗게 질려서 지붕 아래 맺힌 고드름처럼 딱딱하게 굳어진 채 허겁지겁 거리를 비울 것이라고 생각했고, 그 와중에 거리의 가게들도 두려움에 떨며 저마다 문과 창문을 꼭꼭 닫아걸어서 거리가 텅 비워 버릴 것이라고 예상했다.

　그런데 이게 대체 뭔가?

　그들이 나타나서 보란 듯이 험악하게 자리를 잡고 있음에도 불구하고 오가는 사람들은 별다른 동요를 보이지 않고 있었고, 거리는 더 없이 평온해 보였다.

"다들 우리가 오기 전에 호랑이 간이라도 삶아 먹었다는 건가?"

금안혈승은 하도 어처구니가 없어서 말도 안 되는 말을 지껄이며 사뭇 독하게 마음을 다잡았다.

모른다면 알려 주고, 알고도 이러는 거라면 확인시켜 주면 된다. 이 거리를 죽음의 거리로 만들어 놓으면 그뿐인 것이다.

마치 그런 그의 마음을 읽은 것처럼 뒤에 시립해 있던 백마사의 오대살승(五大殺僧) 중 하나인 혈인귀(血刃鬼)가 물었다.

"시작할까요?"

금안혈승은 대답 대신 문득 떠오른 의문을 토로했다.

"왜 그랬을까?"

"예?"

"왜, 무슨 이유로 이 거리를 피로 물들이라고 했을까, 청부자가? 얼마든지 기습을 감행하면 보다 더 편하게 풍잔을 초토화시킬 수 있을 텐데 말이야. 안 그래?"

오대살승의 다른 하나, 얼굴빛이 창백하고 만면에 오기가 넘치는 중년 사내인 독수이룡(毒手螭龍)이 끼어들며 대답했다.

"난주성이 공포에 질릴 정도로 잔인한 손 속을 펼쳐서 풍잔을 무너트리라는 것이 그들의 요구였고, 그러려면 풍잔이 자리한 이 거리를 피에 잠기게 하는 것이 가장 효과적이라는 것이 그들의 조언이었죠."

"그래, 그랬었지. 그래서 대금도 곱으로 지불했지."

금안혈승은 고개를 끄덕이며 수긍하고는 재우쳐 의문을 드러냈다.

"그런데 왜 그런 요구를 했을까? 대체 어떤 이득이 더 있기에 굳이 그렇게 해 달라고 했을까?"

독수이룡이 잘 모르겠는지 무안한 표정으로 함구했다.

오대살승의 또 다른 하나, 대나무처럼 빼싹 마른 체구에 실눈을 가진 중년 사내인 흑시마궁이 두 손을 겹쳐서 소매 속에 넣은 채로 습관처럼 굽실거리며 끼어들어서 대답했다.

"굳이 그러지 않아도 되는데 굳이 그러는 이유를 따지자면 한 가지 이유밖에 없습니다. 주지를 비롯한 우리 백마사를 믿지 못하는 겁니다."

"우리를 믿지 못한다?"

금안혈승은 관심을 보이며 흑시마궁을 돌아보았다.

흑시마궁이 거듭 굽실거리며 부연했다.

"주지께서도 아시다시피 전에 제가 풍잔의 객주를 노리다가 실패를 했지요. 당시에는 제가 어이없는 실수를 다 했구나 싶었는데, 나중에 다시 돌이켜보니 어쩌면 저의 실수가 아닐 수도 있다는 생각을 했습니다. 제가 아니라 그자가 의도한 것이 아니었나 하는 생각이 들었었지요."

"그러니까 청부자가 우리, 천하의 백마사를 그저 풍잔의 저력을 가늠해 보는 일개 소모품으로 쓰는 것일 수 있다는 건가?"

"외람되지만, 저는 그럴 가능성이 매우 높다고 봅니다. 오기 전에 제가 말씀드렸다시피 풍잔은 세간에 드러나지 않는 무언가 비밀이 있습니다. 주지께서는 그저 웃어넘기셨지만 만에 하나 제 의심이 사실이라면 그렇습니다. 우리가 남몰래 기습적으로 풍잔을 공격할 경우 자신들이 제대로 살펴볼 수 없다고 판단해서 이런 수작을 부린 것일 겁니다."

금안혈승이 은근슬쩍 주변을 둘러보았다.

"사실이 그렇다면 지금도 어디선가 우리를 지켜보고 있다는 소린데……?"

백마사의 오대살승 중 마지막 하나, 날카로운 눈매와 삐뚤어진 코, 가는 입술에 비해 체구가 산처럼 장대한 중년 사내인 혈금강(血金剛)이 그건 말도 안 된다는 듯이 퉁명스러운 목소리로 흑시마궁을 향해 일갈했다.

"같잖은 소리 집어치워라!"

그러고는 재우쳐 금안혈승을 향해 말했다.

"비약이 너무 심하십니다, 주지. 무림맹이나 흑도천상회라면 모를까 고작 '변방의 흑도에 불과한 일개 객잔에 힘이 있다면 얼마나 있을 거라고 그런 터무니없는 생각을 다 하사기고 그러십니까."

"그런가? 너무 심한 비약인 건가?"

금안혈승이 잘 모르겠다는 듯 고개를 갸웃거리며 입맛을 다시는 순간이었다.

오대살수의 막내인 백인수(白刃手)가 불쑥 뒤를 돌아보며 말했다.

"아무래도 비약이 아닐 수도 있겠습니다, 주지."

금안혈승도 이미 감지했기 때문에 안색이 굳어진 채로 뒤를 돌아보았다.

저잣거리의 초입에 진을 치고 있는 그들의 뒤쪽은 세 개의 소로로 갈라지는 사거리였는데, 거기 세 갈래로 나뉜 소로를 통해서 적잖은 사내들의 무리가 접근하고 있었다.

그리고 그들 중에서 좌측과 우측의 소로에서 선두로 나서 있는 두 사내가 마치 사전에 약속이라도 한 것처럼 그들을 향해 손사래를 쳤다.

"우리는 신경 쓰지 않아도 돼."

"그래, 신경 쓰지 마. 그냥 구경 나온 거니까."

금안혈승은 실로 볼썽사납게 일그러진 얼굴이 되어서 나직이 뇌까렸다.

"누구 쟤들이 누군지 아는 사람?"

흑시마궁이 미심쩍은 눈치를 보이며 대답했다.

"여기 난주를 반분하고 있다고 알려진 백사방과 대도회의 무리입니다. 좌측의 사내가 백사방의 작도수 이칠이고, 우측의 사내가 대도회의 팔비수 양의인데, 어째 제가 아는 그자들이 아닌걸요?"

금안혈승이 어이없어 했다.

"그게 무슨 개소리야?"

흑시마궁이 곤혹스러운 표정을 지었다.

"분명 작도수 이칠과 팔비수 양의는 맞는데, 제가 아는 그자들의 느낌과 전혀 다릅니다. 전혀 다른 사람 같다는……!"

"지랄!"

금안혈승이 겹겹이 두른 천 사이로 드러난 두 눈을 신경질적으로 부라리다 곧 싸늘하게 가라앉아서 자세를 바로 했다.

그가 마주하고 있는 전방인 저잣거리가 소리 없이 어수선하게 요동치고 있었기 때문이다.

내내 아무렇지도 않게 오가던 거리의 사람들이 빠르게 좌우로 흩어져서 거리를 비우고 있었다.

일단의 사내들이 원인이었다.

일단의 사내들이 저잣거리의 저편에서부터 그들을 향해 휘적휘적 다가오고 있었던 것이다.

"쟤들인가?"

흑시마궁이 사뭇 무거운 기색, 그늘진 눈초리로 변해서 대답했다.

"예, 맞습니다. 그런데 객주인 설 가 놈은 안 보이네요."

금안혈승은 실소하며 물었다.

"그럼 저기 저 선두로 나선 놈은 대체 누구냐?"

흑시마궁이 대답했다.

"풍사라는 자입니다. 전에 제가 조사한 바에 따르면 대막의 마적단 출신이라고 합니다."

"그 옆에 있는 녀석은?"

"천타라는 자고, 역시나 대막의 마적단 출신입니다. 풍사의 수하였다는데, 지금은 호형호제하고 지냅니다."

"그 옆의 젊은 놈은?"

"같은 대막의 마적단 출신일 텐데, 누군지 이름은 모르겠네요."

"정작 설 가 놈은 나서지도 않았는데, 내 눈에는 저놈들이 하나하나가 다 설 가 놈처럼 강해 보이는군."

금안혈승은 쩝쩝 소리가 나게 입맛을 다시며 투덜거리고는 슬쩍 고개를 뒤로 돌려 혈인귀와 독수이룡을 쳐다보며 물었다.

"흑시마궁과 백인수가 이번 청부는 보다 더 정밀하게 조사할 필요가 있다고 주장했을 때, 이건 목숨을 걸고서라도 무조건 맡아야 한다고 바득바득 우긴 너희들 눈에는 어떻게 보이냐?"

혈인귀와 독수이룡이 다급히 변명했다.

"저는 그저 그게 워낙 거금이라……! 정말 다른 의도는 전혀 없었습니다!"

"저도 그렇습니다. 정말 다른 의도 없이 순수하게……!"

금안혈승은 미간을 찌푸리며 그들의 말을 잘랐다.

"내가 지금 너희들에게 다른 의도를 가졌냐고 물었냐?"

혈인귀와 독수이룡이 졸지에 꿀 먹은 벙어리처럼 변해서 입을 떼지 못하며 그의 눈치를 보았다.

금안혈승은 은연중에 예사롭지 않은 눈빛으로 그들을 훑어보다가 이내 다시금 자세를 바로 했다.

어느새 지근거리도 다가온 풍잔의 사내들 하나가 그에게 말을 붙였기 때문이다.

"우리 통성명부터 먼저 할까?"

금안혈승은 절로 고개를 갸웃했다.

말을 건넨 상대방이 흑시마궁도 누군지 잘 모른다고 밝힌 젊은 사내, 바로 맹효인 까닭이었다.

그때 어디선가 누군가가 그의 대답을 가로챘다.

"내가 알지. 백마사의 주지인 금안혈승이야. 대체 얼마나 거금의 청부인지는 몰라도, 자신이 직접 나서는 것도 부족해서 백마사의 살승을 총동원했네그려."

금안혈승은 굳이 신분을 감출 생각은 없었지만, 남의 입에서 자신의 정체가 드러나는 것이 기분 나빠서 곱지 않은 시선으로 목소리가 들려온 방향을 노려보았다.

측면에 자리한 점포의 지붕이었다.

작고 왜소한 체구를 가진 이십대의 사내 하나가 용마루에 쪼그리고 앉아서 히죽 웃으며 그를 향해 슬쩍 한 손을 들어 보였다.

"오랜만이야?"

금안혈승은 쇠뭉치로 머리를 한 대 맞은 것처럼 굳어져서 두 눈을 끔뻑거렸다.

지붕의 용마루에 쪼그리고 앉은 채로 알은체를 하는 상대

사내의 정체를 알아보았기 때문이다.

작금의 강호 무림에서 십대 살수로 꼽히는 살수들 중에서도 따로 그 자신과 함께 사대 살수의 하나로 꼽히는 잔월이 바로 사내의 정체였다.

"아, 아니, 네놈이 왜 여기에……?"

금안혈승은 너무나도 뜻밖의 상황에 두 눈이 휘둥그레져서 잔월과 맹효 등을 번갈아 보았다.

이게 대체 뭐가 뭔지 갈피를 잡지 못하는 기색이었다.

잔월이 끌끌 혀를 차며 눈총을 주었다.

"지금 내가 왜 여기 있는지를 아는 것이 급하냐? 내 눈에는 전혀 그렇게 안 보이는데?"

잔월은 금안혈승과 시선을 마주하고 있는 상태로 슬쩍 손가락을 들어서 맹효 등을 가리키고 있었다.

금안혈승이 눈동자만 돌려서 그걸 확인하면서 잠시 머뭇거리다가 이내 무슨 생각이 들었는지 의미심장하게 웃으며 고개를 저었다.

"아니, 난 다른 급한 일 없는데?"

잔월이 묘하다는 듯 미간을 찌푸렸고, 맹효 등도 이게 무슨 수작인가 싶어서 눈을 빛내며 고개를 갸웃거렸다.

금안혈승이 그런 그들의 시선이 주는 압력을 아무렇지도 않다는 듯 천연덕스럽게 웃어넘겼다. 그리고 자신이 앉고 있는 태사의를 손으로 툭툭 두드리며 다시 말했다.

"내가 여기에 이러고 앉아 있어서 뭔가 오해들 한 모양인데, 나 여기 우리 식구들하고 놀러 온 거야. 다른 용무 하나도 없어. 왜? 이 동네는 거리에 의자 놓고 앉으면 안 되는 법이라도 있냐?"

맹효는 절로 써진 입맛을 다시며 나름 도움을 청해서 데려온 풍사와 천타에게 시선을 주었다.

난감한 눈빛이었다.

감히 풍잔의 거리에 떼로 몰려와서, 바로 외각 경비를 비상하게 뚫고 들어와서 험악한 분위기를 조성한다기에 무언가 내력이 있는 자들이라고 짐작하며 전에 없이 도움까지 청했다. 그리고 결국 짐작대로 상대 무리가 금안혈승이 이끄는 백마사의 살수들이라는 사실이 드러나는 바람에 정말이지 제대로 몸을 풀 것 같다는 기분이 들어서 온몸이 짜릿짜릿해 지던 참이었다.

그런데 갑자기 사태가 이상하게 돌아가고 있었다.

금안혈승이 예기치 못한 요상한 방법으로 빠져나가고 하는 것이다.

"어쩌죠?"

풍사와 천타가 사전에 약속이라도 한 것처럼 동시에 맹효의 시선을 외면하며 서로 다른 말이지만 결국 같은 의미의 대구를 했다.

"호풍대의 지휘관은 너다."

"나는 도와주러 왔지, 지휘하러 온 게 아냐."

맹효는 어쩔 수 없이 앞으로 나서며 물었다.

"저자가 금안혈승인 건 확실한 거죠?"

시선은 금안혈승에게 두고 있지만, 질문은 측면의 지붕에 쪼그리고 앉아 있는 잔월에게 건넨 것이었다.

잔월이 피식 웃으며 대답해 주었다.

"세상에 확실한 게 있겠냐만, 얼추 맞는 것 같다. 저 황달 걸린 눈빛은 아무나 따라 할 수 있는 게 아닌데다가, 뒤쪽의 병풍들은 백마사의 오대살승이 분명해 보이니까."

맹효는 마음을 정하기에 앞서 주변을 둘러보았다.

어느새 수많은 인파가 몰려들어서 구경하고 있었다.

피할 수 있는 싸움이면 피하는 게 좋았다.

적어도 지금 이 자리는 마음 놓고 싸울 장소가 아니었다.

예전의 그였다면 동료만 아니라면 다른 누가 죽든 말든 전혀 상관할 바가 아니었을 테지만, 지금의 그는 그럴 수가 없었다.

지금의 그는 자신의 선택으로 인해 다른 사람이 피해를 보는 것을 극도로 혐오하는 사람을 모시고 있기 때문이다.

이내 생각을 정리한 그는 금안혈승을 향해 말했다.

"우리 자리를 옮겨서 조금 더 대화를 나눠 볼까?"

금안혈승이 삐딱하게 맹효를 쳐다보다가 이내 고개를 돌려서 잔월을 향해 물었다.

"저 꼬마는 누구냐?"

잔월이 킥킥 웃으며 주의를 주었다.

"그따위로 말하지 않는 게 좋을걸? 명색이 그 사내가 우리 풍잔의 경계 책임자거든. 물론 네가 넘어설 수 있을지 없을지 장담하기 어려운 고수이기도 하고 말이지."

금안혈승이 미간을 찌푸린 채 맹효를 위아래로 훑어보고 나서 잔월에게 시선을 던지며 헛웃음을 흘렸다.

"너 반로환동(返老還童)해서 젊어지더니, 살 만한가 보구나? 못 본 사이에 허풍도 많이 늘었어?"

당연한 반응이었다.

남의 뒤를 노리는 살수임에도 불구하고 금안혈승은 자타가 공인하는 강호 무림 백대 고수의 하나였다.

비록 강호 무림의 서열이라는 것이 딱히 공식적으로 정해진 것이 아니라, 누가 누구를 이겼으니 누구는 누구보다 강하고, 그 누구는 다른 누구에게 졌으니, 다른 누구는 그 누구와 싸운 누구보다는 약하나 또 다른 누구보다는 강하다는 식으로 정해지는 일종의 약식과 같아서 백대 고수가 딱 백 명으로 정해지지 않으며, 경우에 따라서는 이백 명도 혹은 삼백 명도 가능한 것이지만, 적어도 그만큼 강하다는 어느 정도의 지표는 되는 것이다.

그런 측면에서 볼 때, 금안혈승의 입장에서는 고작 이름도 모르는 새파란 애송이를 자신과 비교하는 잔월의 태도가 과장된 농담, 허풍으로 들릴 수밖에 없었다.

    그러나 잔월의 말은 농담도, 허풍도 아니었다.

    그는 있는 그대로의 진실을 밝혔음에도 금안혈승이 불신하
자 솔직하게 말을 더했다.

    "내가 강호에 나선 지 오래되긴 했나보다. 나를 허풍 떠는 사
람으로 보다니 말이다. 그럼 내친김에 허풍 좀 더 떨어 볼까?"

    금안혈승이 무언가 묘하다는 표정으로 잔월을 바라보았다.

    잔월을 그러거나 말거나 하던 말을 계속했다.

    "지금 여기 장내에는 너를 상대할 수 있는 사람이 족히 스물
명이 넘는다. 그리고 그중에는 고작 서너 수만으로 능히 너를
죽일 수 있는 고수들도 다섯 명이나 있다. 어때? 대단한 허풍
이지?"

    금안혈승이 어이없다는 표정으로 잔월을 바라보며 물었다.

    "그중에 너는 어딘데?"

    잔월은 어깨를 으쓱이며 고개를 저었다.

    "나야 당연히 고작 너를 상대로 겨우 이길 정도지. 얼추 팔
하나 정도 내주면 가능할 걸 아마?"

    금안혈승의 안색이 변했다.

    여유가 사라지고 긴장감이 찾아온 기색이었다.

    잔월이 안 본 사이에 아무리 많이 변했어도 이 정도로 말도
안 되는 허풍을 떨 정도까지는 변할 수 없다는 생각이 든 것 같
았다. 하지만 그럼에도 불구하고 그는 정말 도저히 믿을 수가
없는 모양이었다.

고개를 가로저은 그는 싸늘한 눈초리를 드러내며 태사의에서 일어나 앞으로 나섰다.

"지금 그들 중의 한 명만이라도 보고 싶다는 게 무리는 아닐 테지?"

직접 싸워서 확인해 보겠다는 말이었다.

"글쎄?"

잔월이 어깨를 으쓱했다.

"나는 그들이 아닌데다가, 그들에게 명령을 내릴 위치도 아니라서 말이야."

금안혈승이 그러면 그렇지 하는 눈치를 드러내는 찰나, 풍사가 슬쩍 잔월을 쳐다보며 물었다.

"저도 그 다섯 명 중에 포함되겠죠?"

잔월이 어색한 미소를 흘리며 고개를 저었다.

"미안하지만 자네는 아니야. 내가 보기에 자네가 저 녀석을 죽이려면 적어도 예닐곱 수 이상은 써야 가능해."

풍사가 못내 기분이 상한 듯 떨떠름한 표정으로 입맛을 다셨다. 하지만 풍사가 아무리 기분이 상했어도 금안혈승에 비할 바는 아닐 것이다.

금안혈승은 그야말로 똥을 씹은 얼굴이었다.

잔월이 언급한 다섯 명에 포함되지 않는다는 풍사조차도 예닐곱 수만에 능히 그를 죽일 수 있다니, 참으로 어처구니가 없었다.

그는 애써 유지한 평정심을 잃고 발끈하며 나섰다.

"고작 호가호위(狐假虎威) 따위들과 나를 비교하며 희롱하다니, 너 그냥 이 자리에서 싸우자는 거지?"

그러나 화는 그만 난 것이 아니었다.

앞서 나름 정중하게 제안하고 나서 대답을 기다리던 맹효도 계속 자신을 무시하며 딴짓을 하는 금안혈승에게 매우 화가 난 상태였다.

"야, 너, 시체같이 생긴 애! 내가 여기서 이러지 말고 자리 좀 옮기자고 했잖아? 아무리 곧 죽을 것처럼 생겨 먹었어도 그렇지, 내 말이 말같이 들리지 않냐?"

금안혈승이 극도의 분노로 두 눈이 불타올랐다.

그의 입장에선 잔월이나 풍사는 물론, 새파란 애송이까지 나서서 자신을 희롱하며 놀리는 것 같은 것이다.

"아니, 이것들이 정말 떼로 미쳤나!"

그때 지근거리의 구경꾼들 사이에서 빠져나온 노파 하나가 칼을 뽑아 든 그를 향해 다가왔다.

금안혈승은 반사적으로 시선을 주었다가 상대가 당장 고꾸라져서 죽어도 전혀 이상하게 보이지 않는 꼬부랑 노파임을 보고는 눈살을 찌푸렸다.

"뭐야, 이 할망구는. 재수 없게?"

"젊은 놈이 말버릇하고는……!"

꼬부랑 노파, 설무백의 배려로 풍잔이 자리한 저잣거리에서 소일거리로 토산품 가게를 하며 지내는 강호칠대악인의 한 사람, 구유차녀 담요, 담태파야는 쌍심지를 곤추세우며 금안혈승에게 다가갔다.

고작 한 걸음을 내딛는 것처럼 보였는데, 그녀는 벌써 금안혈승의 면전에 다가와 있었다.

천하의 금안혈승조차 어떻게 움직였는지 볼 수가 없었던 극쾌(極快)의 신법이라 순간적으로 그들 사이의 공간이 사라진 것처럼 느껴졌다. 그리고 그보다 더 빠르게 금안혈승의 뺨을 후려갈기는 그녀의 손이 있었다.

짝—!

금안혈승은 경쾌한 타격음과 함께 눈앞에서 불똥이 튀며 의지와 무관하게 자신의 턱이 옆으로 돌아가는 것을 느꼈다.

고통은 그다음에 밀려왔다.

뺨이 찢어지고 턱뼈가 부러져 나간 것 같은 고통이었다.

"……아니, 이 할망구가……!"

짝—!

금안혈승은 그저 분한 마음에 대체 이게 무슨 일인지 상황 파악도 제대로 못한 채 버럭 하다가 재차 휘둘러진 담태파야의 손바닥에 뺨을 얻어맞고 말이 끊기며 다시금 턱이 돌아갔다.

입술이 터지며 피가 튀었다.

튀어 나가는 붉은 핏방울 속에 섞인 허연 물체는 와중에 부러진 앞니 하나였으나, 그는 그걸 알아차릴 여유도 없었다.

빡—!

곧바로 둔탁한 타격음이 그의 뒤통수에 작렬했다.

담태파야가 고개가 돌아간 그의 뒤통수를 한 대 더 후려갈 긴 것이다.

"억!"

가뜩이나 정신 차리지 못하고 있던 그는 묵직한 고통과 감 당하기 어려운 압력에 눌려서 절로 무릎이 꿇려졌다.

담태파야가 그런 그의 뒷목 부근의 마혈를 아프게 눌러서 꼼짝도 못하게 제압해 버리고는 막 반사적으로 저마다 병기를 뽑아 들고 나서려는 오대살승 이하 백마사의 살승들을 매서운 눈초리로 쏘아보았다.

"얘는 그냥 죽어도 좋다 이거지?"

오대살승을 비롯한 백마사의 살승들이 그대로 멈추었다.

구부정한 허리로 인해 더욱 왜소하게 보이는 체구인 담패파 야는 한 손만을 사용해서 뒷덜미를 잡아챈 금안혈승의 거대한 몸집을 허공으로 들어 올려서 아무렇지도 않게 이리저리 흔들 어 보이며 덧붙여 경고했다.

"누구 한 놈이라도 허락 없이 움직이면 얘는 그냥 죽는 거 다? 뭐, 애 자리를 차지하고 싶은 놈이 있으면 그냥 나서도 좋 고. 그때는 딴 수를 쓰면 되니까."

졸지에 제압당해서 허수아비가 되어 버린 금안혈승이 발악 하듯 소리쳤다.

"뭣들 하는 게야! 어서 당장…… 윽!"

담태파야가 다른 손에 들고 있던 지팡이로 말을 하느라 벌어진 금안혈승의 주변을 한 대 갈기는 것으로 아혈마저 봉쇄해 버리고는 새삼스럽게 오대살승을 비롯한 백마사의 살승들을 바라보았다.

아무도 움직이지 않고 있었다.

처음에는 그저 본능적으로 나서려고 했을 뿐, 어른이 어린아이를 다루는 것보다 더 쉽고 간단하게 금안혈승을 제압해 놓고, 공기놀이를 하듯 한손으로 가지고 노는 모습을 보고서 선뜻 나설 수 있는 사람은 적어도 그들 중에는 없었다.

담태파야는 그렇게 오대살승을 비롯한 백마사의 살승들을 꼼짝도 못하게 묶고 나서야 마찬가지로 막 앞으로 나서려다가 엉거주춤 멈추어 버린 맹효 등을 서늘하게 노려보며 호통을 쳤다.

"성인군자가 납신 게냐? 아니면 그냥 민폐 끼치기로 작정한 거야? 아니, 왜 여기서 이런 버르장머리 없는 놈을 상대로 조곤조곤 대화를 나누고 있는 게야! 죽이든 살리든 일단 두들겨 패고 얼른 사람들이 많이 없는 데로 데려가서 처리해야 할 것 아냐! 미친개는 몽둥이가 약이라는 말도 몰라서 그래!"

"죄송합니다, 담태파야!"

맹효를 비롯한 풍사와 천타가 찔끔한 기색으로 서둘러 사과하자, 담태파야의 서늘한 눈초리가 잔월이 올라선 지붕을 마

천회천의
주인

주보는 거리의 반대편 지붕으로 돌려지며 싸늘한 질타가 쏟아져 나갔다.

"거기 늙은 망태기들도 그래! 애들 교육이라는 핑계로 편히 숨어서 구경이나 하고 말이지! 그래서야 어디 여기 사람들이 편히 마음 놓고 장사하겠어?"

담태파아의 서늘한 시선이 닿은 지붕의 용마루에는 건너편 지붕의 잔월과 마찬가지로 두 노인이 쪼그리고 앉아 있었다.

강호 무림에서는 쌍괴로 불리지만, 풍잔에서 그저 쌍노로 불리는 환사의 천월이 바로 그들이었다.

환사가 담태파야의 시선을 외면하며 옆에 앉은 천월의 어깨를 밀치며 소곤거렸다.

"야, 너보고 늙은 망태기란다."

천월이 같은 방법으로 환사의 어깨를 밀치며 버럭 했다.

"너보고 하는 말이야! 네가 나서지 말고 구경이나 하자고 했잖아!"

"그럼 애들 싸움에 나서리?"

"그러니까 너라고!"

담태파야가 아옹다옹하는 쌍노를 쳐다보며 말을 말자는 듯 한숨과 함께 절레절레 고개를 저었다.

그녀는 이내 애꿎은 맹효 등에게 화살을 돌렸다.

"뭘 꾸물거려, 어서 다 데리고 철수하지 않고!"

맹효가 어색하게 웃으며 말했다.

"저기, 그 녀석부터 넘겨주셔야……!"

담태파야가 그제야 자신의 손아귀에 금안혈승의 뒷덜미가 잡혀 있다는 사실을 인지하고는 맹효를 향해 냅다 집어던지며 돌아섰다.

"서둘러!"

맹효는 공깃돌처럼 가볍게 날아온 금안혈승의 몸에 실린 압력에 주룩 이 장이나 뒤로 밀려 나갔다.

풍사와 천타가 끌끌 혀를 차며 그런 맹효를 바라보았다.

"무력하기는……!"

"비실이!"

맹효가 붉게 달아오른 얼굴로 백마사의 살승들을 노려보며 진심을 담아서 경고했다.

"곱게 따라와라! 조금이라도 수틀리면 애 정말 그냥 죽이고 만다!"

오대살승을 위시한 백마사의 살승들은 순순히 맹효의 지시에 따랐다.

맹효의 손에 금안혈승이 인질로 잡혀 있는데다가, 금안혈승이 인질로 잡히는 과정에서 드러난 풍잔의 저력이 그들에게 감히 반항할 엄두를 내지 못하도록 강요한 까닭이었다.

그들의 후방에 포진한 백사방과 대도회의 무리 백여 명은 단지 조연에 불과했다.

누군지 몰라서 더욱 두려운 존재인 담태파야와 누군지 알아서 매우 두려운 환사와 천월의 존재, 그리고 맹효의 좌우에 서 있는 풍사와 천타의 위압감과 그들의 뒤에 늘어선 호풍대의 막강한 신위는 평소 청부를 완수하기 위해서라면 동료의 죽음 조차 외면하도록 수련하고 단련한 그들의 포악한 심성도 대번 에 순한 양처럼 바꾸어 놓았다.

그렇듯 백마사의 살승들이 맹효 등 호풍대의 경계 속에 이 동하고, 그 뒤를 작도수 이칠의 백사방과 팔비수 양의의 대도 회 무리가 따라가는 형태로 저잣거리의 살풍경이 지워지고 있 었다.

그제야 자리를 뜨지 않고 그들의 뒷모습을 묵묵히 응시하던 환사가 슬쩍 건너편 지붕의 용마루에 앉아 있는 잔월에게 시 선을 주며 물었다.

"저대로 괜찮나?"

잔월이 실소하며 대꾸했다.

"걱정도 팔자요. 맨날 보는 얼굴이라 별 느낌이 없는 모양인 데, 지금 쟤들이 끌려가는 풍잔의 영내에 있는 식구들 중 절반 만 동원해도 지금 당장 강호 무림에서 내로라하는 문파 서너 개는 너끈히 꿀꺽할 수 있어요. 걱정할 걸 걱정하셔야지."

환사가 퉁명스럽게 쏘아붙였다.

"누가 그걸 몰라서 그래? 나는 알아도 쟤들은 그걸 모를 테 니 하는 소리지. 사달이 일어나면 어쨌거나 다치는 애들이 나 오잖아."

잔월이 어디까지나 태연하게 웃는 낯으로 대꾸했다.

"남의 목숨 노리는 애들이 자기 목숨 위태로운 거 모를까봐서요? 걱정 마세요. 절대 딴짓 못합니다. 남의 목숨 노리는 것들이 자기 목숨 소중한 걸 더 잘 알거든요."

환사가 머쓱하게 입맛을 다셨다.

"그런가?"

"아, 글쎄. 걱정 마시라니까요."

잔월이 거듭 확신하자, 그제야 고개를 끄덕이며 수긍한 환사가 자리를 털고 일어났다.

"그래, 그럼 그만 가지."

잔월이 묵묵히 고개를 끄덕이며 일어섰다.

지붕 아래서 그들의 대화를 듣고 있던 담태파야가 수상쩍다는 눈초리로 쳐다보며 물었다.

"대체 무슨 수작을 부리기에 그리 늙은이들끼리 몰려다는 게야?"

환사가 냉소를 날렸다.

"신경 끄고 어서 볼일이나 보셔."

"내가 볼일이 어디에 있다고……!"

있었다.

지근거리에 자리한 육방에서 작업복 차림으로 뛰어나온 제연청이 크게 소리쳐서 담태파야를 불렀다.

"뭐 하세요! 어머님이 빨리 오시래요, 다들 기다리신다고!"

담태파야가 멋쩍은 표정으로 제연청에게 손을 흔들어서 알았다는 시늉을 하고는 돌아서기 전에 환사와 천월 등을 노려보며 한마디 했다.

"괜히 늙은 것들이 뭉쳐 다니면서 이상한 일 벌이지 마라! 설 공자 오면 전부 다 일러바칠 테니까!"

환사가 눈을 부라리며 쏘아붙이려는데, 천월이 재빨리 손을 내밀어서 입을 막았다.

"관둬라. 괜히 쓸데없이 얘기만 길어진다."

환사가 과연 그렇겠다는 표정으로 고개를 끄덕이다가 문득 고개를 갸웃거리며 중얼거렸다.

"근데, 제 가 녀석 어미가 왜 저 할망구를 찾는 거야? 다들 기다린다는 소리는 또 뭐고?"

천월이 피식 웃으며 말했다.

"몰랐냐? 저 할망구 얼마 전부터 도박에 빠져서 정신없어. 마작(麻雀). 늦바람이 무섭다고 요즘 제 가 녀석 어미와 주변의 늙다리 상인들하고 어울리며 매일 날밤을 까는 모양이더라."

"자기가 그리 놀면서 남 걱정은…… 하하……!"

환사가 크게 웃다가 이내 안색을 바꾸며 말했다.

"근데, 저 할망구 성질에 그거 괜찮은 건가? 몇 번 지면 열받아서 마작판에 피바람 부는 거 아냐?"

"저 할망구가 너냐?"

천월이 면박을 주고는 발길을 재촉했다.

"쓸데없는 소리 말고 어서 가자. 애들 기다리다 눈알 빠지겠다."

환사가 두 말없이 천월을 따라갔다.

건너편에서 기다리던 잔월도 재빨리 그들의 뒤에 붙었다.

그들이 그렇듯 발길을 서둘러서 찾아간 곳은 바로 난주 제일의 부촌으로 알려진 남부동로의 높은 언덕에 자리 잡은 양가장의 후원이었다.

아담한 세 개의 전각으로 삼면을 가로막아서 마치 밀실처럼 느껴지는 거기 후원에는 세 사람이 모든 무공의 기본이 되는 동작으로, 흡사 말을 타고 있는 것과 같은 모습이라 기마보 또는 기마세라고도 불리고, 그냥 마보라고도 불리는 자세를 취한 채 땀을 뻘뻘 흘리고 있었다.

소년이라기에는 조금 조숙해 보이고 청년이라기에는 너무 앳되어 보이는 그들은 바로, 양가장주 양웅의 두 아들인 양위보와 양위명, 그리고 설무백의 제자인 정기룡이었다.

"아……!"

환사 등이 홀연한 모습으로 후원에 도착하자, 그들이 이제는 살았다는 듯이 반색했다.

환사가 그런 그들을 냉정하게 바라보며 준엄하게 말했다.

"다음!"

정기룡과 양위보, 양위명 형제가 재빨리 무언가 무공을 시전하기 적진의 태세인 발 구르기를, 바로 진각을 밟았다.

그랬다.

환사와 천월, 그리고 잔월은 저마다 지도하고 있는 풍잔의 기재들과 별개로 틈틈이 시간을 내서 정기룡과 양위보, 양위명 형제도 단련시켜 주고 있었던 것이다.

쿵—!

세 사람, 정기룡 등의 진각이 부르르 땅을 울리고 주변의 공기를 흔들어 놓았다.

그들의 내공이 이미 상당한 경지에 있음을 대변하는 모습이었다.

환사가 애써 흡족한 미소를 감추며 다시 외쳤다.

"독립보(獨立步)!"

정기룡 등이 일제히 진각을 위해 대지를 두드렸던 발을 들고 한쪽 다리로만 중심을 잡았다.

마치 잠을 청하는 학처럼 보이는 자세였다.

환사가 한 다리로 흔들림 하나 없이 꼿꼿이 서 있는 정기룡 등을 천천히 둘러본 시선을 잔월과 천월에게 돌리며 말했다.

"어때? 다섯 시진의 마보 다음에 진각, 그리고 곧바로 독립세인데 저 정도 안정감이면 내 눈에는 준비가 된 것 같은데?"

천월이 고개를 끄덕였다.

"아쉬운 대로……."

잔월은 거두절미하고 나섰다.

"저부터 하지요."

환사가 천월과 시선을 교환하고 나서 잔월에게 넌지시 물었다.

"자리 피해 줘?"

잔월이 픽 웃으며 손을 내저었다.

"저는 두 분이서 사사할 때 절대로 자리 안 피할 겁니다. 배울 게 있으면 배우고 싶으니까요. 그러니 그냥 계세요."

환사와 천월이 머쓱하게 손을 내저었다.

"그러든지, 그럼."

잔월이 그제야 독립세를 취하고 있는 정기룡 등의 앞으로 나서며 말했다.

"원래는 자전십이파검(紫電十二破劍)이라는 열두 초식의 검법이었다. 나는 그것을 과장되거나 과대한 동작과 불필요한 변식을 줄이고, 또 줄였다. 이는 천 초를 펼 수 있다고 하여 두려워 말고, 한 초가 숙련되었음을 두려워하라는 무언에 입각한 수련의 일환이었는데, 나는 아직 성공하지 못했고, 어렵사리 두 초식으로 줄이는 것에 만족해야 했다."

그는 말을 하면서 천천히 뽑아 든 검극을 지면으로 내려트린 채 정원의 끝에 박힌 거대한 바위에게 시선을 고정했다.

"광혼일검(狂魂一劍)이며 풍인(風刃)과 섬뢰(閃雷)인데, 풍인은 고요하고, 섬뢰는 빠르다. 구결을 전해 주기에 앞서 그 두 초식을 시연할 테니, 한눈팔지 말고 제대로 보길 바란다."

그의 자세가 조금 낮아지며 지면을 향하고 있던 그의 검이

천외천의
주인

서서히 들려서 어깨와 나란히 수평을 이루었다.

그리고 한순간 검이 앞으로 뻗어져서 그의 시선이 고정되어 있는 거대한 바위를 가리켰다.

전혀 빨라 보이지 않는 동작이었고, 그 어떤 신묘한 구석도 찾아볼 수 없는 움직임이었다.

마치 초로의 노인이 지나가는 행인에게 구부정한 허리를 지탱하고 있던 지팡이를 느릿느릿 들어서 길을 가르쳐 주는 것처럼 무력해 보이는 행동이었다.

그러나 그 결과는 놀라웠다.

검극이 가리킨 방향의 공간이 이른 봄날 아침의 아지랑이처럼 아무런 소리도 없이 크게 흔들렸고, 대기가 무섭게 갈라졌다.

다음 순간!

꽝ㅡ!

벽력이 치고 뇌성이 울었다.

잔월의 검극이 가리킨 거대한 바위가 산산조각 나서 흙먼지로 흩날리고 있었다.

"뭐야, 이 사람들은?"

내내 굳어져 있던 정기룡 등과 반대로 이리 뛰고 저리 뛰는 바람에 땀을 뻘뻘 흘려서 전신이 흠뻑 젖은 제갈명은 지분거리는 검노 등을 애써 내치고 무허의 거처를 마련해 주기 위해 서둘러 객청으로 가다가 느닷없이 맹효 등과 마주치는 바람에 더욱 놀라 두 눈이 휘둥그레졌다.

풍사와 천타가 맹효의 곁에 있는 거야 그러려니 하겠지만, 그 뒤를 따르는 낯선 사내들은 말할 것도 없고, 그 사내들 뒤에 늘어선 작도수 이칠의 백사방과 팔비수 양의의 대도회 무리가 예사롭지 않은 눈치였던 것이다.

맹효가 허수아비처럼 뻣뻣하게 굳어 버린 모습 그대로 어깨에 짊어지고 있는 금안혈승의 엉덩이를 손바닥으로 두드리며 히죽 웃었다.

"뭐긴, 이자의 졸개들이지."

"그자가 누군데?"

"백마사의 주지인 금안혈승이라네."

"백마사의 주지가 왜……? 뭐, 뭐라고?"

제갈명은 무심결에 대꾸하다가 화들짝 놀라며 눈이 커졌다.

"배, 백마사라고? 사대 청부 단체의 하나인 그 백마사?"

맹효가 태연하게 어깨를 으쓱였다.

"그렇다네?"

"멀거니 구경만 한 놈이 으스대긴……!"

풍사가 맹효의 머리를 한 대 쥐어박으며 나서서 제갈명에게 말했다.

"안 그래도 부르려던 참이었다. 저자하고 이번 일에 대해서 대화를 좀 나눠야 할 것 같은데, 그런 건 우리 같은 애들보다 네가 낫잖아."

제갈명은 재빨리 평정심을 되찾으며 백마사의 살승들을 훑어보았다.

"남의 눈에 띄어서 좋을 게 없으니, 풍무관으로 가죠."

풍사가 수긍했다.

"안 그래도 거기로 가려던 참이었어. 이 정도 인원이 다 들어갈 공간은 거기밖에 없잖아."

제갈명은 은근슬쩍 같이 가고 있던 철마립에게 눈치를 주며 말했다.

"제삼객청으로 부탁합니다."

무허를 두고 하는 말이었다.

철마립이 묵묵히 고개를 끄덕이는 것으로 대답을 대신했다.

그때 무허가 넌지시 말했다.

"저기, 무례한 부탁 하나만 해도 될까요?"

"무슨 부탁이신지……?"

제갈명이 시선을 주며 반문하자, 무허가 멋쩍게 웃는 낯으로 맹효가 어깨에 짊어진 금안혈승과 뒤쪽에 늘어선 백마사의 살승들을 둘러보며 대답했다.

"저도 같이 가면 안 될까요?"

풍사가 찌푸린 눈으로 무허를 쳐다보며 나섰다.

"정말 무례한 부탁이군. 쟤 누구야?"

제갈명이 당황하며 재빨리 무허를 소개했다.

"화산파의 제자인 무허입니다. 삼대제자의 수좌이고, 화산 칠검의 한 사람이지요."

내력이 그러니 부디 말 좀 가려서 해 달라고 서둘러 설명한 것이지만, 명백한 실수였다.

풍사는 그런 것에 연연하는 사람이 전혀 아닌 것이다.

"그럼 예의 정도는 알 만한 사람이네. 그런데 알 만한 사람이 왜 그래? 그 정도 무례는 괜찮다고 생각할 정도로 우리가 우습게 보이는 건가?"

제갈명은 자신의 중재가 오히려 화를 부른 것 같아서 화들짝 놀랐다.

"아니, 그게 아니라……!"

"그런 마음은 눈곱만큼도 없습니다."

무허가 진중한 목소리로 제갈명의 말을 끊고 깊이 고개를 숙이며 자신의 입장을 설명했다.

"다만 사연이 있습니다. 사문의 엄명에 닫힌 사연이라 밝힐 수는 없지만, 여기 풍잔과는 무관하며 전혀 해가 되는 일도 아니라는 것을 사문의 이름을 걸고 맹세할 수 있으니, 부디 너그러운 도움을 주시기 바랍니다."

비겁하게 뒤로 숨으면 화를 내도, 쌍욕을 뱉으면서도 죽이자고 덤비면 오히려 칭찬하는 사람이 바로 풍사였고, 지금 무허의 태도는 당연하게도 후자에 해당했다.

풍사는 머쓱한 얼굴로 관자놀이를 긁적이며 자신의 어깨로 제갈명의 어깨를 툭 밀쳤다.

"대화를 진행할 사람은 제갈 군사니까, 알아서 결정해."

제갈명은 애써 고소를 금치 못하는 속내를 감춘 채 풍사에게 고개를 기울이며 속삭였다.

"그래도 자리를 비울 생각은 마세요."

풍사가 딴청을 부리며 대답했다.

"그야 마땅히 그래야지."

제갈명은 그제야 웃는 낯으로 무허의 부탁을 들어주었다.

"같이 가시죠."

그다음에 조건을 달았다.

"대신 언제든 사정이 허락한다면 우리에게 내막을 밝혀 주어야 합니다. 그건 가능하겠죠?"

무허가 잠시 망설이다가 이내 선택의 여지가 없다는 듯 침음을 흘리며 대답했다.

"알겠소. 그리하리다."

대도무문大道無門 (5)

실로 오랜만에 풍무관의 공간이 허전하게 보이지 않았다.

풍잔의 이런저런 요인들을 제외하고도 호풍대의 오십여 명과 백마사의 딱 백 명이 되는 인원, 그리고 백사방과 대도회이 정예 백여 명이 들어서자 풍무관의 드넓은 실내가 꽉 들어찬 느낌이었다.

다만 비좁게 느껴지지는 않았다.

제갈명의 눈짓에 따라 몇몇 요인들과 맹효를 비롯한 호풍대원들만 전면에 나선 상태로 백마사의 살승들을 중앙에 두고, 백사방과 대도회의 정예들 포함한 풍잔의 사내들 전원이 벽을 따라 늘어서자 다시금 예전의 허전한 느낌이 다시 들 정도였다.

그렇게 자리가 정돈되자, 제갈명은 가장 먼저 금안혈승의 아혈과 마혈부터 풀었다.

수백 명의 자리를 정돈하는 것보다 그 일이 더 오래 걸렸다.

담태파야가 봉쇄한 금안혈승의 아혈과 마혈을 풀 수 있는 사람이 장내에 없었기 때문이다.

본디 점혈법은 권법의 한 종류인 금나술(擒拿術)에 포함된 수법이며, 금나술은 적을 죽이기보다 나포하는 것이 주이기 때문에 예로부터 다양한 초식이 발전되어 왔으나, 오직 점혈법에 관해서는 강호 무림의 어느 문파도 크게 궤를 달리하는 경우가 없었다.

사람의 혈도는 정해져 있고, 그 정해진 혈도를 봉쇄하는 방법은 그 어떤 변화무쌍한 초식을 사용하더라도 결국 마지막에 가서는 혈도를 점할 때의 힘 조절, 즉 강약을 조절하는 것이외에 다른 수법은 존재하지 않는 까닭이었다.

다만 그 강약을 조절하는 것으로 인해 약간의 제약이 생기는데, 바로 내공이 높은 고수가 점혈한 혈도는 상대적으로 낮은 내공의 무인이 풀지 못한다는 것이 바로 그것이었다.

오늘 풍무관에는 담태파야보다 높은 내공의 고수가 없었던 것.

결국 담태파야가 호출되어서 금안혈승의 아혈과 마혈을 풀어 주는 웃지 못할 사태가 벌어진 것이다.

제갈명은 그래서 마뜩찮은 표정으로 구시렁거리며 나타난

담태파야가 금안혈승의 혈도를 풀어 주기 무섭게 할 일이 태산이라며 서둘러 돌아간 다음에야 본격적으로 대화를 빙자한 심문을 진행할 수 있었다.

금안혈승과 오대살승을 위시한 백마사의 살승들을 전부 다 바닥에 주저앉힌 상태였다.

"청부자의 신분은 물론 모르시겠죠?"

금안혈승은 의외로 솔직하게 대답했다.

"당연히 모르지. 하지만 짐작은 할 수 있지. 천사교일 걸 아마?"

제갈명은 태연하게 말꼬리를 잡았다.

"이상한 청부라고 생각했겠네요. 변방의 흑도 하나 제거하는 쉬운 일에 막대한 거금을 주는 것도 그렇고, 방식 자체도 묘하고 그래서 말입니다."

금안혈승이 고개를 끄덕이며 수긍했다.

"그랬지."

"그래도 받아들인 것은 워낙 청부금이 컸기 때문이겠죠?"

"아무래도 그렇지."

"거짓말 마세요."

제갈명은 대뜸 매섭게 잘라 말했다.

"그게 아니라 그들의 압력에 굴복한 것 아닙니까. 청부를 거절하면 백마사가 온전하지 못할 거라는 두려움 때문에 말입니다. 아닙니까?"

금안혈승이 파르르 떨리는 눈초리로 제갈명을 바라보았다.

인정할 수도 없고, 인정하지 않을 수도 없는 복잡한 감정 속에 분노를 드러내는 눈빛이었다.

제갈명은 슬쩍 치켜뜬 눈빛으로 금안혈승을 쳐다보며 피식 웃었다.

"그냥 한번 찔러 본 건데, 사실인가 보네요?"

금안혈승이 움찔했다. 아차 하는 것 같기도 했다.

제갈명은 그러거나 말거나 이제 답을 얻었으니 그에 대해서는 하나도 궁금하지 않다는 듯 대답을 기다리지도 않고 태연하게 말문을 돌렸다.

"의심은 했겠죠? 아무래도 이상한 청부잖아요."

금안혈승이 잠시 뜸을 들이다가 대뜸 냉소를 머금고 대답했다.

"물으나 마나한 질문을 다 하는군. 네 말대로라면 내 입장에서는 의심이 가든 말든 따라야 하는 거 아니겠나."

그러고는 곧바로 솔직하게 덧붙였다.

"사실 여기 와서 풍잔의 반응을 보고서야 느꼈다. 어쩌면 그들이 우리 백마사를 단지 풍잔의 저력을 확인해 보기 위한 일회용 소모품쯤으로 사용하는 것 같다는 의심이 들었다."

"그래서 싸움을 포기하고 물러나려 했던 거고요?"

"지는 싸움을 하고 싶진 않으니까."

"물론 완전히 포기하려던 것이 아니라 다음 기회를 노리려고 했던 것이겠죠?"

"그야 물론이지. 포기란 배추나 셀 때나 쓰는 말이다."

"아쉽네요."

제갈명은 문득 한숨을 내쉬며 탄식을 더했다.

"조금만 더 신중했으면 천사교가 선배의 그와 같은 성격까지 이용하고 있다는 것을 충분히 깨달았을 텐데 말입니다."

"……?"

금안혈승이 이건 또 무슨 아닌 밤중에 홍두깨 같은 소리냐는 듯 오만상을 찡그리며 제갈명을 쳐다봤다.

"하고 싶은 말이 뭐야?"

제갈명은 의문을 풀어 주기에 앞서 제안했다.

"제가 무슨 말을 하는 것인지 알고 싶으면 먼저 지금 이 자리에 있는 수하들에 하늘이 무너져도 꼼짝하지 말라는 명령을 내려 주세요."

금안혈승이 무언가 알 것도 같고 모를 것도 같다는 표정으로 제갈명과 시선을 마주한 상태로 수하들에게 명령했다.

"들었지? 대답은 하지 말고, 그냥 지금부터 다들 꼼짝하지 말고 있으면 되는 거다! 조금이라도 움직이는 놈이 있으면 내 손으로 가만두지 않을 테니, 명심해라!"

그는 슬쩍 고개를 돌려서 단호한 표정으로 눈을 빛내고 있는 백마사의 살승들을 예리하게 둘러보고는 이내 제갈명에게 시선을 고정했다.

"됐지?"

제갈명은 여부가 있겠냐는 듯 고개를 끄덕이며 금안혈승을 필두로 한 백마사의 살승들에게 한걸음 더 가까이 다가섰다.

"당신들 중 누군가는 우리 풍잔에 처음 온 것이 아니다. 분명히 한 번 혹은 서너 번 이미 우리 풍잔을 방문한 적이 있고, 모처에 잠입하려다가 검은 구름과 호풍환우(呼風喚雨)에 놀라서 돌아갔을 거다."

장내의 기류가 소리 없이 흔들렸다.

무언가 예기치 못한 상황이 벌어지고 있다는 긴장과 압력에 기인한 장내의 변화였다.

제갈명은 그게 아랑곳하지 않고 백마사의 살승들을 예의 주시하는 상태로 계속 말했다.

"그 모처는 바로 우리 주군의 거처지요. 다들 아시다시피 제 동생이 얼마 전부터 주군의 거처 주변에 사계사상진(四季四相陳)이라는 기문진을 설치해 놓았거든요. 즉, 이 중의 누군가가 우리 주군을 노리고 잠입했다가 기문진에 막혀서 포기하고 돌아갔다는 얘기요. 다만……."

그는 가만히 손사래를 치며 부연했다.

"그 누군가가 백마사의 살수 중 하나라고는 생각하지 않습니다. 목적을 위해서 백마사를 사지로 몰아넣을 정도의 인간이라면 적어도 평소 생사고락을 같이하던 동료는 아니라는 것이 제 생각입니다. 아마도……."

"역시 천사교인가?"

금안혈승은 확실히 우둔한 사람이 아니었다.

대번에 제갈명의 말을 끊고 나서는 그의 두 눈에는 이미 전후사정을 다 깨달은 빛이 드러나 있었다.

"그거야 잡아서 물어봐야죠."

제갈명은 의미심장하게 대답하고는 백마사의 살승들을 향해 고정한 두 눈을 사뭇 가늘고 예리하게 치켜떴다.

"지금 누군가 다른 사람의 얼굴을 하고 있을 테지요. 거의 완벽한 변장술로 말입니다. 당연하게도 이 자리에 우리 주군이 나타날 것이라 생각하며 속으로 칼을 갈면서 말입니다. 그런데 이걸 어쩌나요? 우리 주군 나리께서는 그따위 칼날에 당할 분이 아닐 뿐더러, 하필이면 또 외유를 떠나셔서 지금 영내에 없거든요. 흐흐흐……!"

그는 정말 가소롭다는 듯 자못 음충맞은 기소를 흘리다가 이내 다시 말을 이어 나갔다.

"게다가 그는 꿈에도 몰랐을 겁니다. 우리 풍잔에는 제아무리 변장의 명수라도 한눈에 파악할 수 있는 눈을 가진 사람이 있다는 사실을 말입니다."

그의 시선이 측면의 벽으로 돌아갔다.

그러자 거기 벽에 등을 기대고 서 있던 개구지게 생긴 얼굴의 청년 하나, 바로 비풍이 습관처럼 해맑게 웃으며 그의 곁으로 나섰다.

제갈명은 장내의 시선이 비풍에게 쏠리기를 기다렸다가 소개했다.

"어디까지나 투도술에 한정된 얘기이긴 합니다만, 천하삼기의 하나인 야신 매요광과 비교되던 도둑들의 신, 천면호리의 제자입니다."

새삼 가늘고 예리하게 변한 그의 눈초리가 백마사의 살승들을 하나하나 훑으며 돌아갔다.

"다들 가만히 있기만 하면 됩니다. 이 친구의 눈은 제아무리 뛰어난 변체환용술이라도 쉽게 구별해 낼 수 있으니까요."

그러나 그럴 필요가 없게 되었다.

비풍이 나서기도 전에 범인이 먼저 스스로 나섰기 때문이다.

금안혈승의 바로 뒤에 앉아 있던 오대살승 중의 하나, 오대살승 중 하나인 누렇고 창백한 얼굴의 소유자인 독수이룡이 앉은 자세 그대로 솟구쳐서 풍무관의 천장 바로 아래 중앙을 길게 가로지른 거대한 대들보를 밟고 올라서며 시퍼런 빛이 이글거리는 쌍장을 쳐들고 있었다.

천장을 뚫고 나가려는 모습이었다.

워낙 졸지에 벌어진 일이라서 그런지 장내의 그 누구도 움직이지 않는 가운데, 제갈명이 그 모습을 쳐다보며 끌끌 혀를 찼다.

"제법 머리를 굴렸나 했더니만, 이런 쪽으로는 또 머리가 둔하네. 사방을 다 막아 놓으면서 왜 천장은 그대로 두었는지 전혀 감이 안 오나?"

금안혈승이 반사적으로 신형을 날리려다가 제갈명의 뇌까림을 듣고는 그대로 멈추었다.

하지만 제법 거리가 멀어서 제갈명의 말을 전혀 듣지 못한 대들보의 독수이룡은 그대로 천장을 향해 쌍장을 내질렀다.

그때였다.

순간적으로 나타난 백색의 광채가 천장을 향해 내밀어지는 독수이룡의 손을, 정확히는 손목을 스치고 지나갔다.

"헉!"

독수이룡이 천장을 치려던 두 손을 순간적으로 당겼으나, 이미 늦어 버렸다.

칵─!

섬뜩한 소음과 함께 잘려 나간 독수이룡의 한쪽 손이 허공에 피를 흩뿌리며 저 멀리 날아갔다.

섬광은 빠르게 휘둘러진 칼질이었고, 그나마 정면이 아니라 측면에서부터 시작된 칼질이라 두 손이 아니라 한 손만 잘려져 나간 것이다.

그리고 칼질이 부른 한줄기 섬광이 명멸하는 그 순간에 사사무의 모습이 나타났다.

대들보에 한 발을 걸치고 서 있는 그는 눈살을 찌푸린 채 쓰게 입맛을 다시고 있었다.

한 손만 잘려 나간 것이 매우 불만인 표정이었다.

그 사이.

"크으......!"

간발의 차이로 한 손을 구한 독수이룡은 참담한 신음을 삼키며 바닥으로 내려서고 있었다.

하필이면 그 자리가 백마사의 살승들의 중앙이었다.

백마사의 살승들이 선뜻 판단을 내리지 못하겠다는 표정으로 물러나서 독수이룡을 포위했다.

금안혈승이 핏발 선 눈을 부릅뜨고 그들을 뚫고 나나며 분노의 일갈을 내질렀다.

"놈! 이룡은 어떻게 했냐?"

독수이룡이 무섭게 쇄도하는 금안혈승을 향해 세차게 한손을 휘두르며 재차 신형을 솟구쳤다.

금안혈승은 본능처럼 쌍장을 내밀어서 독수이룡이 날린 장력을 마주했다.

꽝-!

엄청난 폭음이 터지며 억눌린 신음이 그 뒤를 따랐다.

"크으......!"

금안혈승이 신음을 흘리며 저 멀리 튕겨져 나갔다.

그가 대번에 중심을 잃을 정도로 엄청난 반탄력이었다.

지금의 독수이룡은 그가 부리던 백마사의 오대살승의 하나인 진짜 독수이룡이 아닌 것이다.

그때 허공으로 솟구친 가짜 독수이룡의 곁으로 잿빛 그림자가 스쳐 지나가며 섬광을 일으켰다.

가짜 독수이룡과 거의 동시에 반응해서 지상을 박차고 날아오른 철마립의 공격이었다.

채챙-!

가짜 독수이룡이 본능처럼 두 손목을 교차해서 철마립의 검격을 막아 냈다.

그의 소매가 찢겨 나가며 은빛이 반짝였다.

그의 손목에는 철마립의 검격을 막아 낼 수 있을 정도의 금속견갑이 착용되어 있었다.

하지만 막아 냈을 뿐, 온전히 감당한 것은 아니었다.

격돌의 순간에 동수이룡은 의지와 무관하게 중심을 잃었고, 장내에는 그 순간을 놓치지 않은 사람이 있었다.

한순간 검은 선 하나가 중심을 잃은 가짜 독수이룡을 향해 쏘아졌다.

이내 여지없이 가짜 독수이룡의 가슴을 관통한 채로 날아가서 벽에 박혀 버린 그 검은 선의 정체는 바로 검은 빛깔의 협인장창, 흑비였다.

풍사가 상황을 지켜보던 중에 드러난 가짜 독수이룡의 빈틈을 보고 흑비를 날렸던 것이다.

흑비가 가차 없이 가짜 독수이룡의 복부를 파고들었다.

"크악!"

가짜 독수이룡이 흑비의 서슬에 꼬치처럼 꿰진 상태로 벽에 붙어서 비명을 지르며 몸부림쳤다.

제갈명이 발작적으로 소리쳤다.

"어서 놈의 혈도를……!"

풍사는 제갈명의 외침과 상관없이 전광석화처럼 신형을 날려서 몸부림치는 가짜 독수이룡의 면전에 도착해 있었다.

그러나 이미 늦어 버렸다.

풍사가 손을 뻗어서 혈도를 점하기도 전에 가짜 독수이룡이 몸부림을 그치며 빠르게 굳어졌다.

가짜 독수이룡이 악다문 입가로 검붉은 핏물을 흘리며 낯선 사내의 얼굴로 변하고 있었다.

자결이었다.

귀신처럼 홀연히 나타난 세 사람, 사도와 천살, 지살이 전광석화처럼 빠르게 백마사의 오대살승 중 하나인 혈인귀를 덮친 것은 바로 그 순간, 모든 사람들의 시선이 풍사의 장창에 꼬치처럼 꿰어진 상태로 벽에 붙어서 피를 토하며 죽어 가는 가짜 독수이룡에게 집중되었을 때였다.

천살과 지살이 자신들의 장기를 발휘하듯 하나는 허공에서 떨어지고 다른 하나는 지면에서 솟아나서 혈인귀의 마혈을 점하는 순간과 동시에 바람처럼 전면으로 다가든 사도가 혈인귀의 아혈을 점해 버렸다.

마치 사전에 숱하게 반복해서 손발을 맞추지 않았다면 절대 그럴 수 없을 정도로 기민하고 정교한 협공이었다.

"……?"

뒤늦게 상황을 인지한 장내의 사람들이 하나둘씩 어리둥절한 기색으로 그들, 세 사람을 바라보았다.

사도가 머쓱하게 그런 장내의 시선을 외면하며 제갈명을 향해 물었다.

"틀림없는 거지?"

제갈명이 자신만만하게 웃으며 고개를 끄덕였다.

"내가 주군의 거처에 펼쳐진 기문진 얘기를 했을 때, 남들과 다른 반응을 보인 것은 독수이룡과 그자, 혈인귀뿐이야. 독수이룡은 튀었고, 저자는 애써 진정하며 호흡을 가다듬었지."

사도가 그제야 수긍하듯 어깨를 으쓱하고는 천살과 지살을 데리고 멀찍이 뒤로 물러났다.

늘 남의 이목을 피하며 사는 것이 습관이라 아무래도 장내의 시선이 부담스러운 것이다.

장내의 시선이 제갈명에게 돌려졌다.

제갈명은 사도와 상반되게 남의 시선을 즐기는 사람이었다. 그는 아무렇지 않게 턱을 들며 잘난 척했다.

"그 정도야 상식이죠."

풍사가 독문병기인 흑비를 가짜 독수이룡의 주검이 꿰인 상태로 뽑아 들고 와서 수중의 흑비를 한차례 흔드는 것으로 가짜 독수이룡의 주검을 바닥에 떨어뜨리며 제갈명을 칭찬했다.

"잘했다. 안 그래도 이 자식이 그 자식들이랑 같은 놈들인지 확인해 볼 길이 없게 돼서 성질이 나는 참이었는데 말이야."

"그 자식들이요……?"

제갈명이 무슨 말인지 모르고 고개를 갸웃했다.

장내의 모두가 그와 같은 반응을 보이고 있었다.

다만 한 사람, 천타는 아니었다.

풍사의 말은 지난날 북련의 맹주인 팽마도 팽의정을 노리던 천사교의 자객을 염두에 두고 있었다.

천타는 당시 풍사와 함께 그 자객들과 싸웠다.

"확인해 보나마 같은 놈들인 것 같네요. 저는 그때 그놈들의 무공과 비슷한 수위의 경지로 보이는데, 아닌가요?"

풍사가 뭐라고 대꾸하기도 전에 제갈명이 예리하게 눈치채며 끼어들었다.

"아, 그때 북련의 군사인 신기서생 송백과 팽가의 장손인 귀명도 팽대호의 모습으로 분해서 북련의 맹주인 팽마도 팽의정을 노렸다는 그 천사교의 백팔사도라는 놈들 말이죠?"

"그래."

풍사가 짧게 인정하며 마혈과 아혈이 봉쇄당한 채 불안한 기색으로 눈만 깜박이고 있는 혈인귀의 곁으로 다가섰다.

"나도 같은 놈들이라고 생각하긴 하는데, 아무래도 확실한 게 좋지. 주군의 말에 따르면 머지않아 시작될 환란의 시대의 주력이 그놈들이라고 했으니까."

제갈명이 심각한 표정으로 변해서 말을 받았다.

"이놈들이 이렇게 암암리에 나대고 있으니, 주군께서 말씀하시는 그 환란의 시대라는 게 이미 시작되었다고 봐야 하지 않을까요?"

풍사가 단호하게 부정했다.

"달라. 주군께서 말씀하시길 그때는 시도 때도 없이 거리가 불타고, 창극에 사람 머리를 꿴 자들이 심심찮게 아무렇지도 않게 거리를 활보한다고 했으니까."

제갈명은 그 모습이 눈앞에 그려진 듯 오만상을 찡그리며 몸서리를 쳤다.

"생각만으로도 무섭네요."

"무섭지. 그러니 주군 말대로 제대로 잘 대비해야지."

풍사가 지나가는 말처럼 중얼거리고는 돌처럼 굳어 있는 혈인귀를 한 손으로 들어서 어깨에 짊어지며 돌아섰다.

"아무려나, 이놈은 내가 데려간다."

천타가 재빨리 바닥에 널브러져 있는 가짜 독수이룡의 주검을 어깨에 짊어지고 풍사의 뒤를 따랐다.

'혹시 몰라서.'가 제갈명을 일별한 천타의 중얼거림이었다.

제갈명이 그 말을 듣고 대꾸를 하려다가 그만두고 눈살을 찌푸렸다.

금안혈승이 풍사의 앞을 막아섰기 때문이다.

풍사의 눈빛이 싸늘해졌다.

풍사가 보는 금안혈승은 풍잔을 노리고 나타난 살수일 뿐,

그 이상도 그 이하도 아니었다. 그런 자가 주제도 모르고 갑자기 앞을 막아서자 짜증이 솟구친 것이다.

자연히 말도 거칠게 나갔다.

"죽고 싶냐?"

금안혈승의 얼굴이 굳어지며 동공마저 수축되었다.

긴장이었다.

풍사의 기세는 작금의 강호 무림에서 사대 살수의 하나로 꼽히는 그조차 긴장하게 만들 정도로 강렬했다.

하지만 그도 강호 무림의 모진 칼끝에서 굴렀다면 굴렀고, 싸울 만큼은 충분히 싸워 본 사람이었다.

적어도 상대가 누구든 고작 기세에 눌려서 토끼처럼 놀라고만 있을 겁쟁이는 아니었다.

그는 애써 주눅 들지 않는 자세를 고수하며 용건을 밝혔다.

"두 녀석 다 명색이 수십 년간 동고동락(同苦同樂)한 아우요. 절대 나서지 않을 테니, 어떻게 죽었는지 들을 수 있게 해 주시오."

풍사가 싸늘하게 쏘아붙였다.

"포로 주제에 그건 알아서 뭐 하게?"

금안혈승이 힘주어 공수하며 부탁했다.

"포로임을 인정하오. 다만 죽인다면 어쩔 수 없지만, 죽이지 않는다면 포로에서 풀려나는 날 당신을 노리겠소."

풍사가 피식 웃었다.

작금의 상황에서 기죽지 않고 오히려 나중에 자신을 노리겠다고 선언하는 금안혈승의 태도가 마음에 든 것이다.

그는 고개를 끄덕이며 슬쩍 제갈명을 보았다.

제갈명이 눈치 빠르게 어깨를 으쓱하고 말했다.

"여기 있는 친구들만 정리해 주고 가면 뭐, 별 상관없을 것 같은데요?"

풍사의 시선이 금안혈승에게 돌려졌다.

금안혈승이 재빨리 백마사의 오대살승 중 셋인 흑시마궁과 혈금강, 백인수를 보며 지시했다.

"우리는 실패했고, 잡힌 거다! 무조건 협조하며 기다려라!"

흑시마궁과 혈금강, 백인수가 몹시 당황스러운 기색일망정 감히 항명하지 못하며 고개를 숙였다.

"……예."

금안혈승이 그들의 대답을 듣고 무섭게 풍사를 바라보았다.

풍사가 어쩔 수 없다는 듯 고개를 끄덕이며 돌아서서 밖으로 나섰다.

천타가 어깨에 짊어지고 있던 가짜 독수이룡의 주검을 금안혈승에게 던지며 그 뒤에 붙었다.

"그럼 이건 당신이……!"

얼떨결에 가짜 독수이룡의 주검을 받아 든 금안혈승이 허겁지겁 그들의 뒤를 따라갔다.

제갈명이 재빨리 소리쳐서 당부했다.

"다시 잡기 어려운 놈이니, 가능하면 뼛속에 숨긴 기억까지 빼내 주세요!"

풍사가 대답 대신 걱정하지 말라는 듯 어깨너머로 손을 흔들며 풍무관을 빠져나갔다.

제갈명의 시선이 그제야 처음으로 한쪽에 물러나 서서 내내 침묵하고 있던 무허에게 돌려졌다.

"왜죠?"

무허가 속을 모르게 웃는 낯으로 대답했다.

"너무 포괄적인 질문이라 무엇을 묻는 건지 모르겠구려."

제갈명은 가볍게 따라 웃으며 말했다.

"의도적인 거지요. 이렇게 포괄적인 질문을 던지면 가끔 건지는 것이 있거든요. 상대가 실수로 의도치 않게 다른 속내를 드러내는 경우가 종종 있다는…… 근데, 그쪽은 아니군요."

무허가 묘하다는 듯이 쳐다보며 물었다.

"굳이 드러내지 않아도 되는 그런 것까지 드러내는 이유는 또 어디에 있는 것이오?"

제갈명은 대수롭지 않게 대답했다.

"본의 아니게 의도가 들키면 구구절절하게 변명을 하는 것보다 솔직하게 밝히고 넘어가는 게 더 쉽고 편하거든요."

무허가 표정이 살짝 일그러졌다.

모르긴 해도, 심기 싸움으로는 자신이 적수가 아니라고 생각한 것 같았다.

그는 곧바로 안색을 바꾸며 대화를 원점으로 돌렸다.

"그래서 실제로는 무엇을 물으려던 거였소?"

제갈명은 태연하게 웃으며 대답했다.

"아까 스스로 생각해도 무례하다는 부탁을 했지 않습니까. 저들 백마사를 두고 말입니다. 그래서 지금 이 자리에 같이 하고 있는 것인데, 어째 제 눈에는 그쪽 검객께서 이번 일이 그저 무료할 뿐 전혀 흥미가 없는 것으로 보이더군요. 하물며 백마사의 주지가 자리를 떠나는 마당에도 말입니다. 그래서 물은 겁니다. 왜 그러시냐고."

무허가 이제야 그 얘기였냐는 듯 멋쩍은 미소를 입가에 머금으며 고개를 끄덕였다.

"그랬군요. 하지만 오해는 마십시오. 저는 다만 이미 제가 보고 싶은 것은 다 보고 확인했기에 더 볼 이유가 없어서 굳이 외면하고 있었을 뿐입니다."

제갈명은 예리하게 무허의 대답을 파악하며 넌지시 찔러 보았다.

"결국 사문의 엄명으로 말할 수 없다는 그 사연에 대한 원인을 혹은 원흉을 찾았다는 뜻이네요."

"……"

무허가 잠시 뜸을 들이다가 물었다.

"왜 그런 생각을 하는 거요?"

"귀하가 저들이 백마사의 살승들이기에 나섰으니까요."

제갈명은 즉각 대답을 주고는 대수롭지 않다는 투로 부연했다.

"그런데 난데없이 불청객이 잠입한 바람에 정작 백마사의 살승들에 대한 것은 아무것도 밝혀진 것이 없습니다. 그럼에도 불구하고 원하는 것을 얻었다고 하시니 답은 하나밖에 없지요. 오늘 난입한 불청객, 바로 천사교의 자객 말입니다."

무허가 잠시 머뭇거리다가 이내 픽 웃으며 슬쩍 두 손을 들어 보였다.

항복의 표시였다.

"제가 졌습니다. 얘기는 그냥 이것으로 끝내도록 하지요. 아무래도 귀하하고는 더 이상 얘기하면 안 될 것 같습니다."

제갈명은 가볍게 웃으며 고개를 끄덕이는 것으로 무허의 뜻에 따라 주었다. 이미 얻고 싶은 것을 얻었기 때문에 이것으로 족하며 더 이상의 대화는 무의미했다.

다만 해 줄 얘기는 있었다.

"우리 주군께서는 필요하다면 거지발싸개 같은 삼류 낭인의 도움도 마다하지 않으며, 직접 바짓가랑이를 잡고서라도 도움을 청하지요. 그런데 그런 분께서 유독 구대 문파와는 거리를 두고 계십니다. 혹시 여유가 되면 그 점을 한번 면밀히 따져 보길 권해 드립니다."

풍사의 삭막한 무시와 위협에도 전혀 굴하지 않던 무허의 안색이 처음으로 굳어졌다.

제갈명은 그 점을 놓치지 않고 예의 주시하며 돌아서서 백마사의 오대살승 중 남은 세 사람을 말했다.

"당신들을 적으로도, 손님으로도 대우할 수 없어서 참으로 난감하오. 당신들이 어떤 목적으로 가지고 왔는지는 뻔히 알고 있으나, 결과적으로 어떤 식으로든 당신들이 우리에게 준 피해는 없으니 말이오. 하니, 우선 여기서 기다려 주시오. 아무리 생각해도 이건 내 권한 밖의 일이라 사정을 밝히고 지시를 받아 올 테니 말이오. 그게 축객인지 투옥인지는 잠시 후에 다시 얘기합시다."

조금은 냉랭해진 분위기 속에 약간의 웅성거림이 장내를 맴돌았지만, 오대살승의 셋을 비롯한 백마사의 그 누구도 대놓고 항변하는 자는 없었다.

제갈명은 그런 백마사의 반응에 만족한 표정을 지으며 돌아섰다.

설무백과의 연락을 위해서였다.

그때 무허가 맹효 등에게 자리를 넘긴다는 눈치를 주며 밖으로 나서는 그의 곁에 붙어서 말했다.

"밖에서 대기하는 자들도 있을 거요. 내부에서 성공하면 밖에서도 치고 들어오는 것이 저들의 방법이오."

제갈명은 사뭇 놀랄 만한 정보를 듣고도 놀라거나 당황하는 대신 냉정하게 무허를 바라보며 물었다.

"화산파가 그렇게 당했나요?"

무허가 적잖게 당황한 듯 얼굴을 붉히면서 벌컥 화를 냈다.

"아니, 그게 무슨 망발! 그따위 어줍은 짓거리에 당할 우리 화산파가 아니외다!"

제갈명은 사뭇 준엄한 표정으로 변해서 대꾸했다.

"우리 풍잔도 그렇습니다!"

그리고 픽 웃으며 덧붙였다.

"걱정 마세요. 안 그래도 이번이 처음이 아닌지라 이미 충분한 조치를 취해 놓았고, 혹시 몰라서 후속 조치도 준비해 놓았으니까요."

제갈명의 말은 어김없는 사실이었다.

무허가 제갈명의 뒤를 따라서 풍무관을 나섰을 때, 밖에는 앞서 풍무장에서 인사를 나누었던 귀도 예충이 범상치 않은 한 무리의 사내들을 거느린 채 대기하고 있었다.

제갈명이 무허에게 언급했던 조치는 두 번에 걸쳐 이루어졌다.

첫 번째 조치는 제갈명이 백마사의 살승들을 이끌고 돌아온 맹효 등과 마주쳤을 때였다.

백마사의 살승들과 마주친 제갈명은 대번에 백마사는 청부 단체에 지나지 않으며 작금의 시점에서 백마사를 이용해서, 그것도 백마사의 전 인원을 동원해서 풍잔을 노릴 만한 상대는 천사교밖에 없다는 판단을 내렸다.

그래서 그는 즉각 성곽의 주변을 도는 경계조에게 같이 있던 광풍대원 하나를 보내서 경계를 강화하라는 지시를 내렸다.

영내에 적이 들어온 상태니 본능적으로 영외의 경계를 강화해야겠다는 생각이 들었던 것이다.

그러나 제갈명은 이내 그것만으로 부족하다고 판단해서 두 번째 조치를 취하게 되었다.

천사교의 백팔사도가 백마사의 오대살승 중의 하나로 화해서 잠입했다는 사실이 드러난 시점의 일이었다.

제갈명이 지난날 풍잔을 습격한 천사교의 무리를 또렷하게 기억하고 있었기에 내린 조치였다.

바보가 아닌 이상 실패를 경험한 자들이, 그것도 압도적으로 실패한 자들이 고작 자신들보다 못한 대리인을 내세워서 풍잔을 노린다는 상황을 그는 선뜻 수긍할 수 없었다.

틀림없이 무언가 더 있다고 생각했고, 그래서 그는 다시금 즉각 외곽의 경계조에게 전령을 보내서 작금의 사태를 알리도록 했다.

적장의 목을 베고 사기가 떨어진 졸개들을 일거에 쓸어 버린다는 것은 병법의 기본 중에서도 기본이 아니던가.

별도로 지원 병력까지도 생각했으나, 정작 그러지 않은 것은 두 번째로 보낸 전령이 과분하게도 이젠 풍잔의 총관인 융사인데다가, 지금 외곽의 순찰을 돌고 있는 일대가 바로 최근 난주 일대에서 귀수옥녀(鬼手玉女)라 불리는 화사의 은검령대였기 때문이다.

칠대 악인의 하나인 화수 채의의 진전을 고스란히 물려받은 융사의 무공은 차치하고, 화사도 날고 기는 풍잔의 요인들 중에서도 수위를 다투는 고수인 것이다.

과연 제갈명의 조치는 주효했다.

제갈명이 보낸 전령을 통해서 영내의 상황을 전해 들은 화사는 즉각 경계를 강화하며 면밀한 수색을 펼쳤고, 마침내 침입자들의 흔적을 발견해서 추적한 끝에 모처에서 대기하고 있는 적을 찾아냈다.

제갈명이 보낸 융사에게 전후 사정을 전해 들은 지 불과 한 시진도 지나기 전의 성과였다.

그러나 누구도 예상하지 못한 사태가 그때부터 벌어졌다.

난주의 북문 밖으로 오 리가량 떨어진 곳에 위치한 산중이었다.

더 외곽으로 빠지면 이십여 채의 농가가 모여서 구성된 작은 산골 마을인 제향촌이 자리한 그곳에는 수풀로 우거진 능선이 겹쳐서 생겨난 작은 계곡이 으슥하게 자리하고 있었는데, 거기 대략 삼십여 명의 사내들이 운집해 있었다.

"고작 저 인원……?"

은검령대의 부대주인 광풍십삼랑 토웅의 보고를 받고 십여 명의 대원들과 함께 거기 도착해서 잠복하고 있는 사내들을 보게 된 화사는 매우 어리둥절했다.

고작이라는 말이 절로 나올 정도로 잠복하고 있는 적의 인

천외천의
주인

원이 너무나도 적었기 때문이다.

지난날 이미 한 번의 고배를 마신 자들이 고작 이 정도의 인원으로 풍잔을 노리다니 어리둥절하다 못해 어이가 없었다.

게다가 놈들은 산중의 어둠 속에서 여기저기 화톳불을 밝혀 놓은 것도 부족해서 번초 하나 세워 놓지 않고 제멋대로 흩어져 쉬고 있었다.

이건 정말 아무리 이해하려고 해도 이해하기 어려운 방만함의 극치였다.

화사는 그래서 더욱 신중해졌다.

허허실실(虛虛實實)이라는 병법도 있지 않은가.

허술하게 보이는 이면에 치밀한 대응을 준비한 것일 수도 있다는 생각이 들어서 그녀는 애써 찾아낸 적들의 진영을 그대로 둔 채 다시 한번 주변을 샅샅이 뒤졌다.

다른 지역에 매복한 적들이 있을 것이라고 생각한 것이다.

그렇지만 그녀의 예상과 달리 다른 지역에 매복한 적은 없었다.

그녀는 그제야 그간 몇 번의 수정을 통해서 최적의 인원으로 정해진 서른세 명의 대원을 집결해서 적의 진영을 기습했다.

매복답지 않게 방만한 모습으로 흩어져 있는 적이었지만, 그녀는 조금도 방심하지 않았다.

부대주 토웅을 비롯한 예하의 대원들에게도 절대 방심하지 말라고 거듭 당부했다.

그녀는 그동안 설무백을 통해서 적의 실체가 얼마나 대단한지를 귀에 못이 박히도록 들었기 때문이다.

따라서…….

"쳐라!"

화사의 외마디 일갈과 동시에 시작된 은검령대의 기습은 성공적이었다.

"적이다!"

"막아라!"

적들의 중앙에서 누군가 미친 듯 소리치며 전열을 정비하려고 했지만, 그의 고함은 이내 꼬리를 물고 터진 비명에 묻혀 버렸다.

"으악!"

"크아악!"

화사가 이끄는 은검령대의 대원들은 다른 정찰대인 금검령대나 옥검령대와 마찬가지로 서너 명을 제외한 거의 전부가 과거 광풍사의 전사들인 광풍대원들로 채워져 있었고, 그들 광풍대원들의 무력은 가히 풍잔의 정예로서 손색이 없었다.

적진에 난입한 그들은 저마다 양떼 속에 뛰어든 한 마리 늑대처럼 가차 없는 살수로 적을 도륙했다.

그들은 어둠 속에서 나서고, 적들은 밝음에 노출되어 있는 상태라 사태는 더욱 걷잡을 수 없었다.

적의 입장에선 일정 부분 희생을 감수하더라도 서둘러 후퇴

하는 것으로 힘을 뭉칠 필요가 있었고, 실제로 그렇게 하려는
모습을 보였으나 허망하게도 그것은 실패로 돌아갔다.

화사가 피와 살점이 난무하는 아비규환의 수라장을 단번에
뛰어넘어서 뒤로 물러나는 적들의 후방을 차단했기 때문이다.

"으아악!"

"크아아악!"

지상으로 내려서기 무섭게 휘둘러진 화사의 좌검우도, 왼손
의 박도와 오른손의 패검이 폭풍의 검기를 일으키며 두 명의
적을 즉사시켰다.

쿵-!

무거운 발소리가 장내의 지축을 울린 것이 바로 그때였다.

일거에 두 명의 적을 베어서 저승으로 보내 버린 화사는 새
로운 표적을 찾다가 그 소리에 반응해서 뒤를 돌아보았다.

장승처럼 거대한 체구를 가진 흑포사내 하나가 불규칙하게
보이나 사실은 일정한 규칙을 가진 움직임으로 서로서로 거리
와 간격을 맞추는 진형을 갖춘 채 적을 도륙하고 있는 은검령
대의 중앙으로 떨어져 내린 것이었다.

그리고 그녀와 마찬가지로 발소리에 반응한 은검령대의 대
원들이 그 흑포사내를 돌아보고 있었다.

그 순간!

휘우우우웅-!

흑포사내가 휘두른 주먹이 인간의 손으로 내는 소리라고 생

각할 수 없는 파공음을 일으키며 지근거리에서 돌아보던 은검령대원의 얼굴을 강타했다.

팍-!

섬뜩한 파열음이 터치며 피와 뇌수가 사방을 튀었다.

은검령대원의 머리가 수박처럼 터져 나가 버린 것이다.

은검령대원이 방어를 하지 않은 것은 아니었다.

흑포사내의 주먹은 가없이 무겁게 느껴지긴 했으나, 상대적으로 그다지 빠르진 않았다.

은검령대원은 찰나의 순간에 방어할 것인가 피할 것인가를 두고 망설임을 보이다가 수중의 칼을 들어서 막았다가 그런 변을 당해 버렸다.

흑포사내의 주먹에는 은검령대원이 방어를 위해서 내민 칼을 그대로 밀고 들어가서 머리를 박살 내 버릴 힘이 담겨져 있었던 것이다.

"아반(兒斑)아!"

주변에 있던 다른 은검령대원들 서넛이 낯빛이 창백해진 얼굴로 부르짖으며 흑포사내를 덮쳐 갔다.

화사의 뇌리에서 이해할 수 없는 경종이 울렸다.

이건 절대 아니다, 무조건 막아야 한다는 경종이었다.

그는 다급히 소리쳤다.

"물러나라!"

그러나 소용없었다.

동료의 정에 눈이 멀어 버린 듯 다들 그녀의 명령에도 아랑곳하지 않고 흑포사내를 향해 칼을 휘두르고 있었다.

도무지 감정을 읽을 수 없는 무표정한 얼굴의 흑포사내가 득달같이 쇄도하는 은검령대원들을 향해 두 손을 내밀었다.

공격에 나선 은검령대원들 중 둘이 기다렸다는 듯 수중의 칼을 휘둘렀다. 흑포사내가 내민 두 손을 여지없이 잘라 버리려는 칼질이었다.

그러나 어이없고 황당한 일이 벌어졌다.

깡-!

둔탁한 쇳소리가 터지며 흑포사내의 두 팔을 노린 은검령대원의 칼이 부러져 나갔다.

그리고 다시.

깡-!

흑포사내가 내민 두 팔 아래 겨드랑이를 노린 다른 은검령대원의 칼도 여지없이 부러져 버렸다.

"헉!"

때를 같이해서 흑포사내가 내민 두 손이 손잡이만 남은 칼을 들고 당황하는 두 명의 은검령대원들의 목을 움켜잡았다.

충분히 피할 수 있었음에도 불구하고 피하지 못한 것은 그들이 너무나도 놀라고 당황했기 때문일 것이다.

"끄으윽……!"

흑포사내의 손아귀에 목을 잡힌 은검령대원들의 눈이 대번에 붉게 물들다가 불룩하게 튀어나왔다.

가공할 악력에 목이 밀반죽처럼 으스러져서 죽기 직전에 압력으로 눈이 튀어나와 버린 것이다.

흑포사내가 그사이 발 하나를 쳐들어서 자신의 옆구리를 노렸던 은검령대원의 가슴을 걷어찼다.

그 은검령대원도 충분히 피할 수 있었으나, 경황 중에 피하지 못하고 두 손을 교차해 가슴을 보호하려는 방어를 택했다.

그게 크나큰 실수였다.

퍽-!

둔탁한 소음이 터졌다.

흑포사내의 발이 은검령대원이 교차해서 내민 두 손목을 수수깡처럼 부러트리고 가슴까지 으깨 버리는 소음이었다.

은검령대원은 절로 벌어진 입으로 비명조차 지르지 못한 채 즉사해서 바닥으로 쓰러졌다.

흑포사내의 발에 밟힌 채로, 아니, 마치 대나무광주리를 발로 밟은 것처럼 발목까지 잠긴 채로였다.

"강시……?"

화사는 그제야 깨달았다.

흑포사내는 강철보다 더 단단한 몸과 어딘지 모르게 부자연스러운 움직임을 보이고 있었고, 살인에 대한 그 어떤 감정도 드러내지 않고 있었다.

철저하게 감정을 거세당한 괴물, 강시인 것이다.

그때 전장의 측면에서 단말마의 비명이 터졌다.

"크아아악!"

반사적으로 고개를 돌린 화사의 시선에 또 다른 장대한 체구의 흑포사내, 바로 강시가 은검령대원 하나의 어깨를 양손으로 잡고서 마치 종잇장처럼 찢어발기는 모습이 들어왔다.

찢어발겨진 은검령대원의 몸이 좌우로 내던져지는 가운데, 붉은 핏물과 너덜거리는 내장이 허공에 뿌려지고 있었다.

화사는 악에 받쳐 소리치며 높이 날아올랐다.

"물러나! 물러나란 말이다!"

은검령대원들이 이제야 사태의 심각성을 인지한 듯 기민하게 흑포사내와의 거리를 벌렸다.

공중으로 날아오른 화사는 그제야 장내의 상황을 명확하게 확인할 수 있었다.

장내에 온전히 서 있는 적은 이제 고작 네 명밖에 없었다. 그중의 두 명이 강시로 보이는 흑포사내였고, 다른 두 명은 나이를 짐작하기 어려운 반백의 적포노인들이었는데, 하나는 토웅과 융사가, 다른 하나는 십여 명의 은검령대원들이 협공하고 있었다.

"놈!"

화사는 즉시 십여 명의 은검령대원들을 상대로 접전을 벌이고 있는 적포노인을 향해 손을 뻗었다.

달빛 아래 얼음처럼 투명하게 빛나는 백광이 그녀의 손을 떠나서 거대한 호선을 그리며 십여 명의 은검령대원들이 상대로 막 검을 휘두르던 적포노인의 목을 스치고 지나갔다.

쐐액―!

뒤늦게 들려온 예리한 바람 소리가 장내를 가로질렀고, 동시에 무언가 느낀 듯 움찔하며 물러나려던 적포노인의 머리가 옆으로 기울어지며 바닥으로 떨어졌다.

절대 암기 비환의 가공할 신위였다.

"흑포를 걸친 두 새끼는 사람이 아닌 강시다! 접근전을 피하고 멀리서 공격해라!"

화사는 발을 디딜 수 있는 것이 아무것도 없는 허공에서 허공답보에 준하는 고도의 경공술로 자리를 옮기며 소리쳤다. 그리고 그 와중에 회수한 비환을 토웅와 융사가 상대하고 있는 적포노인을 향해 쾌속하게 날렸다.

토웅과 융사를 상대로 용호상박의 접전을 벌이고 있던 적포노인이 한순간 주룩 뒤로 물러났다.

본능적으로 위험을 감지한 것 같았고, 결과는 성공적이었다.

한줄기 섬광이, 바로 화사가 날린 절대 암기 비환이 간발의 차이로 적포노인이 서 있던 공간을 훑고 지나갔다.

쐐액―!

뒤따른 예리한 파공음이 장내를 가로질렀다.

적포노인이 그 소리에 절로 마른침을 삼키더니, 그대로 뒤

돌아서 신형을 날렸다. 도주였다.

"잡아! 놓치면 죽는다!"

화사가 발작적으로 외쳤다.

토웅과 융사는 그녀가 소리치기 전에 벌써 적포노인의 뒤를 따라 신형을 날리고 있었다.

그런데 적포노인의 뒤를 따라서 어둠 속을 파고들던 그들이 한순간 그림처럼 그대로 멈추었다.

무언가 가공할 기세가 그들의 전방에서 느껴졌기 때문인데 다음 순간, 잔뜩 긴장하던 그들의 얼굴에 화색이 돌았다.

어둠 속으로 사라졌던 적포노인이 어둠 속에서 다시 모습을 드러내고 있었다.

우습지 않게도 누군가의 손에 목이 잡힌 모습이었는데, 토웅과 융사는 그 손의 주인인 누군가를 대번에 알아보았던 것이다.

"죽으려고 왜 놓치고 그래?"

그들, 토웅과 융사가 힘겹게 상대하던 적포노인의 목을 아무렇지도 않게 한 손으로 잡은 채 픽 웃으며 말하는 그 누군가는 바로 설무백이었다.

대도무문大道無門 (6)

설무백에게 목이 잡혀서 꼭두각시처럼 흐느적거리는 모습으로 끌려온 노인, 천사교의 백팔사도 중 수위를 다투는 수인 검마는 너무 황당하고 어처구니가 없어서 맥이 풀려 버렸다.

그럴 수밖에 없었다.

천사교에서 마신의 경지라는 천사교주 아래, 극마지경에 들어선 십이신왕을 보필하는 백팔사도의 하나가 그였다.

그것도 백팔사도의 수위를 다투며 차기 십이신왕의 자리를 노리는 고수로 꼽히고 있었다.

그런 그가, 천사교에서 천사교주와 십이신왕 아래 백만 교도를 거느린 마두가 적을 등지고 도주하는 것도 모자라서 졸지에 누군지도 모르는 자의 손아귀에 목이 잡혀서 개처럼 끌려온 것이다.

수인검마가 반항하지 않은 것은 아니었다.

느닷없이 나타난 백발귀신이 손을 내밀어서 목젖을 움켜잡은 순간에는 전혀 예상치 못한 일이라 잠시 반항할 생각을 못하긴 했다.

하지만 이내 그가 동원할 수 있는 모든 수단을 강구해서 백발귀신의 손을 빠져나가려고 했다.

동원할 수 있는 수단이 너무 많아서 오히려 망설여지긴 했으나, 그는 반사적일만큼 자신의 목을 잡고 있는 상대의 손을 두 손으로 잡고 비틀어서 부러트리려는 수법을 선택했다.

단순히 내공만 놓고 따진다면 백팔사도의 정점에 있다고 자부하는 그였기에 그것은 실패할 가능성이 전혀 없는 수법이었다.

그런데 실패했다.

강철도 밀반죽처럼 뚝뚝 끊어 낼 수 있는 그의 완력이 특별한 기운도, 힘도 들이지 않은 것 같은 상대의 손아귀 앞에서는 무용지물이었다.

상대의 손에는 그의 완력을 우습고 초라하게 만드는 거령신의 괴력이 담겨 있는 것 같았다.

그다음부터 그는 반항할 방법이 없었다. 아니, 도무지 반항할 엄두가 나지 않았다.

여차하면 돌이킬 수 없는 사태가 벌어질 것이라는 직감이,

바로 여지없이 목뼈가 부러져 죽을 것이라는 공포가 그의 사지를 딱딱하게 굳혀 버렸다.

그와 동시에 그는 절로 알게 되었다.

상대 백발귀신이 바로 그 자신이 노리던 사신 설무백이라는 사실을.

그래서였다.

설무백의 손아귀에 목이 잡힌 채로 꼭두각시처럼 대롱대롱 매달려서 장내로 돌아왔을 때, 수인검마는 완전한 포기 상태였다.

몰랐는데, 설무백은 그가 도저히 상대할 수 없는 괴물임을 절실하게 깨달았던 것이다.

'어쩌면 마신의 경지를 이룬 교주보다도 더……!'

수인검마는 자포자기한 상태로 그런 생각을 하다가 문득 전신이 의지와 무관하게 싸늘해지는 것을 느꼈다.

느닷없이 전신의 기력이 자신의 목을 잡고 있는 상대 설무백의 손으로 빨려 들어가기 시작하면서 일어나는 오한이었다.

"아……!"

수인검마는 속절없이 나른해지는 무력감 속에 차라리 상쾌해졌고, 어처구니없게도 정사의 끝자락을 향해 내달리는 것처럼 온몸이 저릿저릿해지는 쾌감을 느끼며 사지를 떨었다.

그리고 이내 절정의 환락을 맞이한 것처럼 외치고 싶고 울고 싶은 욕망에 사로잡히며 마치 혼백까지 빼앗겨서 허깨비가 되어 버리는 기분 속에서 껍데기만 남은 채로 잠들었다.

설무백의 손에서 절로 일어난 흡정흡기신공에 의한 죽음이었다.

"역시 이놈들에겐 여지없이 발동하네."

설무백은 절로 한숨을 내쉬며 탄식했다.

혹시나 하는 마음에 장내로 들어서면서 일으켜 본 흡정흡기신공이었는데 역시나 중도에 멈추지 못하는 바람에 천사교의 하수인으로 보이는 적, 그는 모르고 있지만 바로 백팔사도 중하나인 수인검마가 껍데기만 남긴 시체로 변해 버린 것이다.

설무백의 등장에 반색하다가 그의 손에서 말라죽은 수인검마를 보고 절로 얼어붙어 버린 맹효와 융사가 뒤늦게 말을 더듬었다.

"주, 주군!"

말을 더듬거나 말거나 맹효와 융사의 입으로 밝혀진 설무백의 등장은 장내의 분위기를 일거에 바꾸어 놓았다.

"주군!"

은검령대원들을 향해 달려들던 흑포강시 하나를 장력으로 저만치 밀어내던 화사와 마치 술래잡기를 하듯 다른 흑포강시 하나에게 이리저리 쫓기며 겨우 상대하고 있던 은검령대원들이 그들의 말을 듣고 설무백의 등장을 확인하며 반색했다.

정체 모를 흑포강시들의 괴력에 짓눌려서 암울하던 장내의 분위기가 대번에 반전되었다.

천외천의
주인

그들이 아는 설무백의 존재는 그 무엇도 불가능한 것이 없는 절대자와 다름없었기 때문이다.

그러나 설무백이 나설 필요도 없었다.

꽝―!

요란한 폭음이 터지며 화사의 일장에 저만치 밀려났다가 재차 달려들던 흑포강시가 다시금 밀려 나가서 데굴데굴 바닥을 굴러갔다.

흑포강시의 가슴에는 적어도 지금 장내에 있는 풍잔의 식구들은 모를 수가 없는 한 자루 도끼가 박혀 있었다.

바로 공야무륵의 양인부였다.

풍잔의 식구들이 그것을 알아보며 반색하는 순간, 저 높은 곳에서 떨어져 내린 공야무륵이 두 손으로 또 하나의 도끼인 낭아부를 잡고 간신히 중심을 잡고 일어나는 흑포강시의 머리 중앙 정수리를 내려쳤다.

깡―!

흑포강시의 머리에 낭아부의 서슬 절반이 박혀 들어갔다.

흑포강시는 그 상태에서도 쓰러지지 않고 두 손을 내밀어서 공야무륵의 몸을 움켜잡으려 들었다.

"비켜 봐라!"

누군가 소리쳤다.

공야무륵이 재빨리 낭아부의 손잡이를 놓고 뒤로 물러났다. 누군가의 목소리도 목소리지만, 흑포강시의 머리에 박힌 낭아부가 뽑히지 않자 그냥 물러나는 것으로 흑포강시의 손 속을 피한 것이다.

화르르륵–! 펑!

때를 같이해서 새파랗게 타오르는 불덩어리 하나가 비틀거리는 흑포강시에게 작렬했다.

태양신마의 양강진력이 응축된 화염구였다.

흑포강시가 불이 붙어서 활활 타오르는 몸으로 비틀비틀 뒷걸음질 쳤다.

각기 다른 두 자루 도끼를 가슴과 머리에 박은 채로 불타오르며 물러나는 그 모습은 참으로 처참하기 이를 때 없었다.

하지만 흑포강시는 그럼에도 불구하고 여전히 쓰러지지 않은 상태였다.

그것을 보고 두 사람, 공야무륵과 태양신마의 가슴이 분노와 오기로 불타올랐다.

다만 물러난 상태로 바라보고 있던 공야무륵의 반응이 조금 더 빨랐다.

"감히 마물 따위가……!"

공야무륵이 그 자리에서 새처럼 날아올라 불타고 있는 흑포강시를 덮쳤다.

거북이 등딱지처럼 늘 등에 매달고 다니는 대월, 바로 사라철목으로 만든 짧은 자루의 혈인부가 어느새 그의 두 손에 들려서 일도양단의 기세로 흑포강시의 머리를 후려치고 있었다.

콰직-!

듣기 거북한 소음이 터지며 머리가 반으로 쪼개진 흑포강시의 두 다리가 허벅지까지 땅바닥 속에 박혀 들어갔다.

공야무륵이 반으로 갈라놓지 못한 게 분하다는 듯 재차 혈인부를 높이 쳐들어서 후려치는 것으로 흑포강시를 강타했다.

흑포강시가 반으로 쪼개진 가슴까지 땅속에 박혔다.

가슴에 박힌 양인부가 아니었다면 전신이 다 땅속에 박혔을 텐데, 그 상태로 더는 움직이지 못하고 굳어진 흑포강시의 모습이 공야무륵에게 만족감을 준 것 같았다.

"퉤, 까불고 있어!"

공야무륵이 히죽 웃는 낯으로 바닥에 침을 뱉고는 어찌나 전력을 다했던지 찢어져서 피가 나는 손바닥을 대수롭지 않게 자신의 몸에 문질러 닦으며 흑포강시의 몸에 박힌 세 자루 도끼를 느긋하게 회수했다.

그러나 간발의 차이로 나서지 못한 태양신마는 아직 응어리진 분을 풀지 못한 상태였다.

공격할 기회를 놓치는 바람에 좌우로 내밀어진 그의 두 손바닥에서 마냥 이글이글 타오르는 새파란 화염구가 그의 기분을 대신하는 것 같았다.

그런 태양신마의 시선에 검영과 흑영이 상대하고 있는 또 하나의 흑포강시가 들어왔다.

검영과 흑영은 무지막지하게 정면에서 힘으로 밀어붙인 공야무륵이나 태양신마와 달리 매우 효과적인 공격으로 흑포강시를 상대하는 중이었다.

흑포강시의 몸이 강철보다 더 단단해서 검기성강의 경지를 이룬 자신들의 검으로도 제대로 베기 어렵다는 것을 인지한 그들은 영리하게도 베기가 아니라 찌르기로 흑포강시를 몰아붙이고 있었다.

검에 실린 힘을 한곳에 응집하는 것은 베기보다 찌르기가 십 배 더할 수 있고, 경우에 따라서는 백 배의 효과도 얻을 수 있는 법이었다.

지금 흑포강시를 상대하는 검영과 흑영의 수법이 그랬다.

그들은 예리하게도 육체를 움직일 수 있도록 연결된 뼈마디인 관절만을 노려서 흑포강시를 동작 불능의 상태로 만들어 가고 있었다.

흑포강시는 구부러진 한쪽 다리와 덜렁거리는 한쪽 팔을 속절없이 흔들며 중심조차 제대로 잡지 못한 채 이리저리 비틀거리면서 무의미한 방어와 공격을 난발하고 있었던 것이다.

하지만 태양신마는 포기하지 않고 나섰다.

"그만 놀고 떨어져!"

사실 경고는 필요 없었다.

검영과 흑영은 이미 흑포강시의 파괴력을 익히 인지한 듯 빠르게 찌르고 빠지는 공격을 반복하고 있었기 때문인데, 태양신마는 나름 예의상 경고를 하고 나서야 손을 쓰려고 했을 뿐이었다.

그런데 태양신마의 입장에선 그게 실수였다.

그가 양손바닥에서 이글이글 타오르던 새파란 화염구를 보란 듯이 어깨 위로 높이 쳐드는 순간이었다.

꽈릉-!

벽력이 터지는 듯한 소음과 함께 진짜 벼락처럼 시위를 떠난 화살보다 빠르게 공간을 가른 눈부신 섬광 하나가 흑포강시의 가슴에 작렬했다.

실로 엄청난 기공에 기인한 누군가의 장력이었다.

펑-!

거대한 폭죽이 터지는 것 같았다.

흑포강시의 몸이 그렇듯 산산조각으로 터져 나갔다.

검영과 흑영의 검격으로 인해 전신의 모든 관절이 박살난 상태인 흑포강시의 육체가 누군가의 일장에 실린 파괴적인 공력을 감당하지 못하고 여지없이 박살 나 버린 것이다.

흑영은 대수롭지 않게 물러났으나, 검영은 슬쩍 고개를 돌려서 곱지 않은 눈초리로 그 누군가를 쳐다보았다.

각기 한 손에 하나씩 두 손에서 이글거리는 화염구를 쓸데없이 높이 쳐들어서 본의 아니게 장내를 밝히는 조명이 되어 버린 태양신마도 잔뜩 불쾌한 시선으로 그 누군가를 노려보았다.

설무백 등과 함께 장내에 나타나서 있는 듯 없는 듯 구석에 조용히 서 있다가 불현듯 그들의 싸움에 참견한 그 누군가는 바로 검은 안대를 한 애꾸눈에 한쪽 다리가 철각인 노인, 무왕 석정이었다.

"……."

뒤늦게 검영과 태양신마의 시선을 의식한 석정이 멋쩍은 기색으로 애써 외면하며 딴청을 부렸다.

그때, 석정의 입장에선 다행히도 그 순간에 일단의 무리가 나타나면서 장내의 분위기가 크게 바뀌었다.

제갈명의 후속 조치, 예충과 철마립 등이 이끄는 사십여 명의 광풍대가 바로 그들이었다.

"주군!"

제갈명이 반색하며 나섰다.

예충과 철마립 등도 예기치 못한 설무백과의 조우가 기쁜지 만면에 미소를 드리우며 공수하고 있었다.

그러나 모두가 설무백을 반기는 와중에 오직 한 사람, 화사만은 침통한 표정이었다.

설무백은 그 이유를 익히 잘 알고 있었기에 인사를 받는 대신 사뭇 냉정하게 명령부터 내렸다.

"인사는 나중에, 사상자부터!"

제갈명과 예충, 철마립 등이 그제야 사태를 인식하고는 서둘러 장내에 쓰러진 동료들을 살펴보았다.

흑포강시는 참으로 괴물이었다.

불과 한 식경(食頃 : 대략 30분)도 안 되는 시간 동안에 벌어진 싸움이었고, 그나마 그들의 기습이라 거의 일방적인 공격이었음에도 불구하고 사망자가 여섯 명이나 되었다.

흑포강시에게 당한 것이었다.

참으로 뼈아픈 상황이었다.

이건 승리가 아니라 패배였다.

화사는 고개를 숙인 채 아무런 말이 없었다.

늘 당돌할 정도로 밝고 명랑하던 그녀의 얼굴은 침통함으로 가득 차서 당장이라도 눈물을 쏟아 낼 것만 같았다.

설무백은 냉정한 눈빛으로 그녀를 바라보았다.

그런 그의 태도가 걱정스러웠던지 제갈명이 급히 머리를 조아리며 나섰다.

"제 실수입니다. 저들의 계획이 예사롭지 않다는 것을 인지했음에도 합당한 조치를 취하지 못했습니다."

"까불지 마!"

화사가 버럭 일갈하는 것으로 제갈명의 말을 자르며 설무백을 향해 고개를 숙였다.

"제 탓이에요. 제가 뻔히 적을 살펴보서도 제대로……!"

"너도 까불지 마!"

설무백은 사뭇 냉담하게 화사의 말을 자르며 말했다.

"이건 누구의 탓도 아니야! 그저 그냥 벌어질 일이 벌어졌을 뿐이지!"

그는 한결 준엄해진 눈빛으로 장내를 둘러보며 준엄하게 덧붙였다.

"내가 우리 식구들을 다 지켜 줄 수 없는 것처럼 다른 사람들도 마찬가지야! 그러니 동료의 죽음을 슬퍼하고 뼈에 새기는 것은 좋지만, 그 이상의 감정에는 빠지지 마! 자책은 해도, 자괴감에 빠지지는 말라고! 내가 허락하지 않아, 그건!"

장내가 묘한 감정의 울림 속에서 고요해졌다.

설무백은 말을 끝맺고 나서야 어딘지 모르게 끈끈한 장내의 시선이 자신에게 집중되어 있음을 의식하며 내심 고소를 금치 못했다.

이건 그가 가장 거북해하는 분위기였다.

"아무려나……!"

설무백은 재빨리 화제를 돌리며 서둘렀다.

"돌아가지. 적들 중에 생존자가 있는 확인하고, 저 강시들은 뼛조각 하나라도 잘 챙겨서 무일에게 가져다줘. 그 녀석이라면 무언가 아는 게 있을 테니까."

그때 측면의 숲에서 젊은 도사 하나가 두 손을 어깨위로 쳐든 채 장내로 걸어 나왔다.

젊은 도사의 입장에선 싫어도 나설 수밖에 없는 상황이었다.

멋쩍게 웃는 그의 뒤에는 칼을 뽑아 든 백영이 있었다.

설무백은 첫눈에 젊은 도사가 바로 화산파의 무허임을 알아보며 쓰게 입맛을 다셨다.

"저 친구는 왜 여기에 있는 거야?"

제갈명이 곱지 않은 눈초리로 무허를 쏘아보고는 애써 웃는 낯으로 발길을 재촉했다.

"오늘 오신 손님인데, 아무래도 이쪽 소란이 궁금했나 보네요. 여기서 이럴 게 아니라 일단 들어가서 얘기하시죠?"

설무백은 누가 뭐래도 풍잔의 주인이자 중심으로, 그의 행보는 풍잔의 그 어떤 행사보다도 우선이었다.

그래서 풍잔의 취의청이 오랜만에 사람들로 북적거리게 되었다.

설무백이 귀가했다는 소리를 듣고 풍잔의 요인들 모두가 누구 하나 빠짐없이 하던 일을 다 내던지고 취의청으로 집결했기 때문이다.

설무백은 그것이 전처럼 거북하거나 부담스럽지 않았다.

이제 그는 풍잔의 식구들을 말 그대로 정말 한 가족처럼 느끼고 있었다.

다만 오랜만의 상봉임에도 불구하고 취의청의 분위기는 마냥 화기애애할 수 없었다.

그도 그럴 것이, 오늘 예기치 않게 사망한 광풍대원이 무려 여섯 명이었다.

여섯 명의 광풍대원은 작금의 풍잔을 놓고 보면 그다지 큰 비중을 차지하는 전력이라고는 말할 수 없지만, 적어도 모두에게 충격을 주기에는 충분하고도 남았다.

풍잔이 생긴 이래 가장 큰 인명 피해라는 것은 둘째 문제였다.

광풍대원은 무공의 고하를 떠나서 일찍이 설무백과 생사고락을 같이하던 동료들로, 풍잔의 상징과도 같은 정예들인 것이다.

그러나 정작 풍사와 천타 등 취의청에 집결한 광풍대의 상위 서열들은 별다른 기색이 없었다.

사람인 이상, 형제처럼 지내던 동료의 죽음 앞에서 초연할 수 없는 것이 당연한데, 그들은 조금도 내색하지 않았다.

그게 그들의 방식이었다.

그들이 광풍대의 일원이기 이전에 광풍사의 전사이기에 그랬다.

광풍사의 전사는 그 어떤 경우에서라도 동료나 주군을 위해서 목숨을 바치는 것을 영광으로 생각하는 것이다.

그래서였다.

설무백도 죽은 광풍대원들에 대한 감정을 전혀 내색하지 않았다.

그 역시 오래전부터 광풍사의 관습과 전통을 익히 잘 알고 있었기 때문인데, 그 바람에 취의청의 분위기만 이상해졌다.

슬픔과 분노로 무거워진 분위기 속에 눈치를 보는 절반과 눈치를 보지 않는 절반이 아직 자리에 앉지도 못하고 한 장소에 뒤섞여 있는 것이다.

하지만 설무백은 그마저도 아무렇지 않게 무시하며 장내를 주도했다.

우선은 소개였다.

늘 그렇듯 설무백이 외유를 떠났다가 돌아오면 새로운 식구가 늘었고, 이번에도 여지없이 그랬다.

하물며 오늘 그와 함께 온 사람들은 전에 없이 상당한 주목을 받고 있었다.

누가 봐도 범상치 않은 인물들이 함께 있었기 때문이다.

풍잔의 요인들 중에는 이미 그들의 정체를 알아보고 적잖게 놀란 눈빛을 드러낸 사람들도 적지 않았다.

설무백은 그런 사람들의 기대에 부응하는 마음으로 새로운 동료들을 소개해 주었다.

첫 번째는 검영이었다.

"이쪽은 검영, 앞으로 우리 풍잔의 식구가 될 사람이니, 다들 잘 도와주길 바라."

검영이 일어나서 좌중을 향해 공수했다.

"검영입니다. 앞으로 잘 부탁드리겠습니다."

서열이나 연륜을 따져서 자리를 배치한 것은 아니지만, 늘 설무백의 옆자리에 앉았는데 오늘따라 멀찍이 떨어져 앉은 예충이 고개를 갸웃거리며 묘하다는 투로 말했다.

"거참 이상하군요. 앞서 견식한 저 여협의 검격은 분명 여의

청강검(如意青剛劍), 즉 소위 여의지존검(如意至尊劍)으로 불리는 검후의 검법이지요. 한데, 검후가 아니라 검영이라니, 그럼 혹시 남해청조각의 파문 제자라는 소린가요?"

설무백은 잠시 뜸을 들이다가 고개를 끄덕이며 대답했다.

"그래, 그렇게 이해하면 되겠군. 바로 그래. 남해청조각의 파문제자인 검영이야."

그는 사뭇 매서운 눈초리로 예충을 쏘아보며 덧붙였다.

"하지만 앞으로는 누구처럼 몰상식하게 사람 면전에서 파문제자 운운하는 사람은 없었으면 해."

"아……!"

다들 고개를 끄덕이는 가운데, 예충이 무언가 한마디 더 하려는 듯 설무백을 바라보았다.

이에 설무백이 특유의 미온한 미소를 지으며 한층 더 싸늘해진 눈빛으로 예충을 지그시 노려보았다.

예충이 벌렸던 입을 슬며시 닫았다.

설무백은 만족한 표정으로 고개를 끄덕이며 다음 차례인 태양신마를 소개했다.

"이쪽은 관외쌍신의 한 분이신……."

태양신마가 성마른 성격의 소유자답게 설무백의 말을 끊으며 나서서 직접 자신의 정체를 밝혔다.

"강호 무림의 동도들이 태양신마라 부르는 복양홍일이외다. 앞으로 신세 좀 지겠소."

좌중의 분위기가 싸하게 변했다.

태양신마가 누군지 몰라서가 아니었다.

빙백신군 희산월과 더불어 관외쌍신의 하나로 불리는 태양신마 복양홍일의 명성은 중원에서도 파다했다.

다만 사람들이 아는 태양신마 복양홍일은 몇 해 전에 백수(白壽 : 99세)를 넘긴 고령의 노인이었다.

그런데 지금 자신을 태양신마라고 소개한 자는 이십 대로 보이는 새파란 청년이 아닌가.

그때 누군가의 입에서 나직한 중얼거림이 흘러나왔다.

"반로환동……?"

장방형의 탁자를 줄줄이 이어서 부챗살처럼 늘어트려 놓은 장내의 끝자락에 있는 듯 없는 듯 조용히 서 있던 잔월이었다.

부지육미(不知肉味)라, 고기도 먹어 본 놈이 맛을 안다고, 반로환동을 경험한 그가 태양신마를 알아본 것이다.

천월이 그제야 안색이 변해서 고개를 끄덕였다.

"어쩐지 낯설지 않은 얼굴이라 싶더라니……!"

환사가 투덜거렸다.

"재수도 좋지!"

태양신마가 그들을 향해 히죽 웃으며 알은척했다.

"인생하처불상봉(人生何處不相逢)이라더니만, 과연 오래 살고 볼일이군그래. 그게 삼십 년 전, 황산(黃山) 낙일애(落日崖)였지 아마? 잘하면 우리가 서로 손발 좀 맞춰 보느라 산봉우리 하나 정도는 밀어 버렸을 텐데, 말이야. 그때 우리를 말린 애가 누구였더라?"

환사가 눈총을 주었다.

"동방일기(東方一奇) 손지광(孫智光), 손 선배였지. 아무리 성격이 무뎌도 그렇지 자기를 구해 준 사람이 누군지도 잊나?"

태양신마가 눈을 멀뚱거렸다.

"그래, 손지광이었지. 근데, 그 친구가 언제 내 목숨을 구해 주었다는 거지?"

환사가 음충맞게 웃었다.

"우리 싸움을 말렸으니까. 흐흐……!"

태양신마가 뒤늦게 무슨 말인지 이해하고는 싸늘한 미소를 지으며 뜨거운 눈빛으로 환사를 바라보았다.

"자발머리없는 그 입심은 여전하구나. 어떻게? 나는 지금도 괜찮은데? 어디 한번 몸 좀 풀어 볼 생각 있나?"

환사가 웃는 낯으로 도끼눈을 뜨며 태양신마를 노려보았다.

하지만 그의 입이 열리기 전에 다른 사람이 먼저 나섰다.

"자발머리없기는 네놈도 마찬가지인 것 같구나."

검노였다. 그가 자못 사나운 눈초리로 태양신마를 쏘아보며 싸늘한 경고로 면박을 더했다.

"여기가 감히 어느 안전이라고 겁 없이 그 더러운 이빨을 드러내는 게냐? 그 이빨 다 들어내서 평생 풀죽으로 연명하게 해 주리?"

태양신마가 황당한 표정으로 검노를 쳐다봤다.

"뭐지, 얘는?"

검노의 얼굴에 한 겹 서리가 내려앉는데, 예충이 재빨리 끼어들어서 중재했다.

"주둥이 함부로 놀리지 마라. 그러다 정말 그 이빨 다 드러내고 잇몸만 남아서 평생 죽으로 연명할라. 선배도 참으세요. 얼마 만에 돌아오신 주군 앞에서 이러면 어디 쓰겠습니까."

태양신마가 검노는 누군지 알아보지는 못해도 예충이 누군지는 대번에 알아보았다.

"귀도……?"

예충이 이채로운 눈길로 태양신마를 쳐다보며 웃었다.

"주둥이는 몰라도 눈은 멀쩡한 걸? 그 옛날에 고작 서너 번 마주쳤을 뿐인 나를 알아보다니 말이야."

"뭐? 고작 서너 번 마주쳐……?"

태양신마가 황당해하다가 이내 눈을 부라렸다.

"그럼 나만 피 터지고 대가리 깨지게 싸웠다는 거냐?"

그랬다.

과거 예충과 태양신마는 저마다 강호를 주유하다가 서로 마주쳐서 싸움을 벌인 적이 있었다.

"그건 그렇고……?"

예충을 노려보던 태양신마가 깜빡 잊었다가 다시 기억났다는 눈빛으로 검노를 바라보며 오만상을 찡그렸다.

"선배라고?"

태양신마는 예충과 거의 동년배였다.

따라서 예충의 선배라면 그에게도 선배일 텐데 그는 도무지 모르겠는 것이다.

그는 성격대로 대놓고 물었다.

"누구요, 당신?"

검노가 쌍심지를 곧추세웠다.

설무백은 검노가 나서기 전에 먼저 말했다.

"쌍노나 예노가 복양 노선배와 친분이 있는 줄은 미처 몰랐네요. 아무려나, 개인적인 인사는 나중에 다시들 하시고, 이자리 소개부터 마무리 짓도록 하죠."

검노가 어깨를 으쓱이는 것으로 수긍하며 팔짱을 꼈다.

태양신마도 못내 불편한 표정일망정 더는 따지거나 묻지 않고 물러섰다.

설무백은 그제야 다음 차례인 녹림맹의 허저에게 시선을 주었다.

태양신마를 따라온 일륜회의 무몽이 아무래도 자신이 낄 자리가 아닌 것 같다며 극구 나서기를 사양하는 바람에 다음 차례가 그에게 돌아갔다.

"녹림총단의 소두목인 허저라고 합니다."

장내의 모두가 어리둥절했다.

안 그래도 다른 사람들에 비해 상대적으로 평범해 보이는 허저의 모습이 좌중의 관심을 끌었는데, 난데없이 녹림맹의 소두목이라 하니 다들 의아한 표정을 감추지 못하고 있었다.

설무백은 그런 좌중의 궁금증을 한 방에 날려 버렸다.

"녹림도 총표파자 산귀 선배의 막내 의동생인데, 앞으로 녹림맹의 실세가 돼서 나를 도울 거야."

장내의 모두가 그제야 수긍하는 빛으로 고개를 끄덕였다.

하지만 정작 당사자인 허저는 머리를 한 방 맞은 표정으로 눈을 끔뻑이며 설무백을 바라보았다.

"제가요?"

설무백은 그저 미온하게 웃는 것으로 그렇다는 대답을 대신했다.

허저가 새삼 황당해했다.

"왜요? 아니, 어떻게요?"

설무백의 대답은 필요 없었다.

예충이 어느새 황당해하는 허저의 곁으로 슬며시 이동해서 지그시 어깨를 잡으며 속삭였다.

"주군이 그렇다면 그런 거야. 그게 아니면 분명히 그렇게 될 테고. 괜한 의심으로 분위기 깨지 말고 조용히 있자 우리. 응?"

"아, 예!"

허저가 갑자기 정신을 차린 사람처럼 눈이 커져서 대답했다.

예충이 그의 어깨를 잡은 손에 순간적으로 힘을 준 까닭이었다.

허저는 뿌리치기는커녕 신음 하나 흘리지 못한 채 진땀을 흘리며 애절한 눈빛으로 예충을 바라보았다.

허저의 입장에서 예충은 흑도의 조상과도 같은 존재인지라 감히 반항할 엄두조차 내지 못했다.

예충이 그런 허저의 태도가 마음에 든다는 듯 픽 웃으며 손아귀의 힘을 빼고 어깨를 두드려 주었다.

허저의 소개가 그렇게 마무리되고 이제 소개가 남은 사람은 하나, 무왕 석정이었다.

사실 설무백은 내내 무왕 석정을 어떻게 소개해야 좋을지 몰라서 머릿속이 매우 복잡했었다.

석정은 다른 사람들과 달리 그를 믿고 따라온 사람이 아니라 그를 믿지 못해서 따라온 사람이었기 때문이다.

그런데 설무백의 고민을 석정이 해결해 주었다.

설무백이 시선을 주기 무섭게 석정이 스스로 나서서 정중하게 공수하며 자신을 소개했던 것이다.

"본인은 동방에서 온 철각사(鐵脚士) 고(固) 아무개라고 하오. 우연찮게 여기 설…… 음, 대당가와 인연을 맺어서 함께하게 되었는데, 태생이 싸울아비집안이라 병기나 손발 놀리는 것은 제법 일가견이 있어서 피해를 주는 일은 없을 테니, 부디 박대하지 말길 바라겠소."

찰나지간, 태양신마와 검영 등이 설무백을 보았다.

그들은 석정의 정체를 알고 있는 것이다.

설무백은 애써 그들의 시선을 무시하고 크게 손뼉을 치는 것으로 주위를 환기시키며 말했다.

  "좋아. 다들 새로운 식구들하고는 나중에 따로 친분을 쌓도록 하고, 어디 한번 그동안의 사정을 좀 들어 볼까?"

대도무문大道無門 (7)

풍잔의 취의청에서 새로운 식구들에 대한 소개를 끝내고 본격적인 회의가 시작되는 무렵, 식구가 아닌 손님이라서 취의청의 회의에 참가하지 못한 무허는 한가하게 영내를 돌아다니고 있었다.

산책을 빌미로 나선 구경이었다.

물론 그는 혼자가 아니라 안내자 겸 감시자가 곁을 따르고 있었다.

화산파와 인연이 깊다는 이유로 본의 아니게 그와 같은 역할을 맡게 된 사람은 바로 검매 사문지현이었다.

대외적으로 아는 사람은 그리 많지 않지만, 그녀가 과거 화산파의, 그것도 화산제일검 경빈진인의 파문제자인 팔불검 한 상지의 제자인 까닭이었다.

적어도 경빈진인의 측근들인 화산 문하들과는 사형제지간처럼 지내는 친분을 가지고 있는 것이다.

다만 지금 그녀는 기분이 매우 좋지 않아서 알게 모르게 연신 구시렁대고 있었다.

무허 때문에 오랜만에 대놓고 설무백을 마주할 수 있는 기회를 놓쳤기 때문이다.

"왜 하필 이때 와서는……!"

무허는 그녀의 노골적인 타박에 절로 무안한 얼굴을 하면서도 이번에는 그냥 넘어가지 않았다.

벌써 몇 번째인지 몰랐다.

"사매 정말 너무하시네. 오랜만에 만난 사제와 함께하는 시간이 그리도 못마땅한 거요그래?"

사문지현이 천연덕스럽게 웃는 낯으로 그를 쳐다보며 시치미를 뗐다.

"어머, 들었어? 신경 쓰지 마. 그냥 나 혼자 하는 말이니까."

무허는 실로 어처구니가 없는 와중에 적잖게 놀랐다.

그가 아는 사문지현은 이런 여자가 아니었다.

어쩔 수 없는 무가의 자손이라 여느 규중처자와는 다르게 드센 면이 없지 않아 있기는 했지만, 적어도 아무렇지도 않게 이런 넉살을 부릴 정도로 뻔뻔스러운 성정과는 거리가 멀었다.

그는 호기심에 물었다.

"대체 무슨 일이 있었던 거요? 사매는 원래 이런 성격이 아닌 걸로 아는데?"

사문지현이 반문했다.

"내가 원래 이러지 않았나?"

무허가 단호하게 대답했다.

"네! 절대로!"

사문지현이 심각한 표정으로 여자답지 않게 머리를 긁적이며 중얼거렸다.

"사람이 변하는 데는 분명한 이유가 있지."

"예, 그러니까, 그게 뭐냐고요?"

무허가 조급하게 닦달하자, 사문지현이 매서운 눈빛으로 바라보며 자못 냉담하게 쏘아붙였다.

"하지만 그 사람이 여자라면 함부로 물어보지 마! 크나큰 실례니까!"

결국 대답하기 싫다는 소리였다.

무허는 새삼 사문지현이 전과 많이 달라졌다는 것을 실감하며 더 따지지 않고 한숨으로 넘어갔다.

그때 누군가 사문지현을 알은척했다.

"검매, 여기서 뭐 해?"

"너, 회의 있는 거 아니었어?"

지금 무허는 풍잔의 중정을 지나는 중이었는데, 앞선 사문지현의 설명에 따르면 풍잔구가라 불린다는 후원 쪽의 소로를 통해서 두 명의 소녀가 걸어오고 있었다.

대력귀와 검이매 언비연이었다.

"사정이 있어서."

어색한 미소를 흘리며 대답하는 사문지현은 슬쩍 턱짓으로 무허를 가리키고 있었다.

대력귀가 곱상한 얼굴이 무색하게 대놓고 무허의 얼굴과 전신을 살펴보며 말했다.

"화산 문하네?"

언비연이 이제야 기억난다는 듯 손뼉을 치며 끼어들었다.

"알았다. 이제 보니 화산칠검의 막내라는 무허 검객, 아니, 도사시네. 맞죠? 저 기억 안 나요? 왜 일전에 우리 아버님과 함께 봤잖아요?"

무허도 기억났다.

"아, 언 소저시군요! 몰라 봬서 죄송합니다! 그동안 별고 없으셨는지요!"

"저야 뭐 늘 그렇죠. 그보다 여긴 어쩐 일이세요? 혹시 저번처럼 경빈진인과 함께 오신 건가요?"

"아닙니다. 개인적으로 볼일이 있어서 왔습니다."

"아, 비무행 중에 우리 풍잔을 방문했다는 화산파의 검객이 바로 그쪽이었군요?"

언비연의 말을 들은 대력귀가 냉정하게 바뀐 눈빛으로 삐딱하게 무허를 바라보았다.

"비무행?"

무허가 멋쩍은 낯으로 서둘러 공수하며 변명했다.

"어쩌다 보니……!"

그리고 재우쳐 물었다.

"한데, 이분 소저는 뉘신지……?"

"이 언니는……."

"모르면 모르는 대로 그냥 두고, 어서 그만 가자. 지금도 늦었어."

대력귀가 자신을 소개하려는 언비연의 팔을 당겨서 끌고 갔다.

언비연이 대력귀의 손에 끌려가며 무허를 향해, 그리고 사문지현을 향해 웃는 낯으로 손을 흔들었다.

"나중에 다시 봐요. 언니도 고생해. 그나저나 안 됐다, 언니. 누구 덕에 오매불망(寤寐不忘) 기다리던 분도 못 보고 그러고 있으니 말이야. 하지만 대력귀 언니는 걱정 마. 내가 잘 지키고 있을 테니까."

무허는 떠나가는 언비연에게 반사적으로 공수하고 나서 이내 고개를 돌려 의미심장한 눈빛으로 사문지현을 바라보았다.

멀어지는 언비연을 향해 눈을 부라리고 있다가 뒤늦게 그의 시선을 의식한 사문지현이 퉁명스럽게 쏘아붙였다.

"뭐야, 그 눈빛?"

"아니요, 그냥……!"

"그냥?"

"아니 그냥은 아니고……!"

무허는 반사적으로 뾰족해진 사문지현의 눈초리를 마주하자 도저히 물어볼 용기가 나지 않아서 그냥 외면하며 말을 얼버무렸다.

"그러니까, 갑자기 뒤가 급해서, 측간이 어디예요?"

사문지현이 전혀 그의 말을 믿는 표정이 아니면서도 더는 따지지 않고 발길을 재촉했다.

"이쪽."

무허는 그녀의 뒤를 따라가며 다른 걸 물었다.

"아까 언 소저와 같이 있던 그 여협은 누구예요?"

사문지현이 대수롭지 않게 대답했다.

"사제도 아는 사람이야. 대력귀라고, 알지?"

무허는 절로 눈이 커졌다.

"대력귀라면 새야신(賽夜神)으로 불린다는 그 독행대도 대력귀요?"

사문지현이 눈총을 주었다.

"그럼 그 대력귀 말고 또 어떤 대력귀가 더 있겠어?"

무허는 실로 놀랐다.

작금의 강호 무림에서 대력귀는 야신 매요광의 후인이 아니냐는 소리를 들을 정도로 독행대도로서만이 아니라 뛰어난 무력으로도 명성이 자자한 고수였다.

새야신이라는 별호가 그래서 붙여진 것인데, 그런 대력귀가 여자였다는 사실을 그는 오늘 비로소 알게 되었던 것이다.

'그녀의 무력은 절대 내 아래가 아니다!'

무허는 그래서 더욱 놀라웠다.

평소 그가 여자를 무시하는 것은 아니지만, 여자는 아무래도 남자에 비해 불리한 점이 있다는 것이 객관적인 세상의 시선이었다.

그런데 조금 전에 그가 마주친 대력귀의 기도는 아무리 돌이켜 봐도 절대 그보다 아래가 아니었던 것이다.

그런 생각으로 본의 아니게 머리가 무거워진 무허는 문득 감지되는 매서운 기세에 반응해서 절로 발걸음을 멈추었다.

그리고 그 원인이 어디에 있는지 찾아내고는 절로 어리둥절해졌다.

매서운 기세의 근원이 바로 소로의 한쪽에 빗자루를 들고 서서 그들을 지켜보는 작은 배불뚝이 마의노인의 눈빛에 기인했기 때문이다.

'행색은 마당쇠인데, 어떻게 저런 기도를 풍기는 거지?'

무허가 도무지 뭐가 뭔지 몰라서 답답한 표정을 짓는 그 순간, 사문지현이 배불뚝이 마의노인에게 말을 건넸다.

"아니, 뭐예요? 왜 아직 빗자루를 들고 있어요? 그것도 이 시간에?"

배불뚝이 마의노인, 무허는 모르지만, 바로 금혼살이 무허를 쳐다볼 때와는 달리 웃는 낯으로 사문지현을 바라보며 대답했다.

"마당쇠가 빗자루 들고 있는 거야 당연한 거고, 마당 쓰는데 시간을 따져서 뭐 하누? 지저분하면 수시로 쓰는 거지."

사문지현이 고개를 갸웃했다.

"보직 바뀐 것 아니었어요? 나는 그렇게 들었는데……?"

"바뀐 거야, 이게."

"예?"

"우리끼리 논의를 해 봤는데, 아무리 머리를 굴려 봐도 집지키는 데 마당쇠보다 더 좋은 자리가 없더라고. 그래서 그냥이러기로 했어. 이젠 익숙해져서 별로 힘도 안 드는데다가, 여기 와서 처음 해 본 일이라서 그런지 정도 들고……."

말꼬리를 흐린 금혼살이 자못 음충맞게 웃으며 슬쩍 측면의 한 곳을 바라보았다.

그의 시선이 돌려진 곳, 소로가의 바위 앞에는 두 사내가 무릎을 꿇은 채 두 손을 높이 쳐들고 있었다.

"재미도 쏠쏠하고 말이야. 흐흐……!"

사문지현은 무허와 달리 그들, 두 사내의 정체도 첫눈에 알아볼 수 있었다.

풍잔의 경계를 위해 대도회에서 선발한 사내들인데, 무언가길을 어지르다가 금혼살의 눈에 띄어서 벌을 받고 있는 것 같았다.

"그럼 천 소협과 지 소협은요?"

"흐흐, 당연히 그 녀석들도 청소를 하고 있지."

사문지현이 질문을 하자마자 기소를 흘린 금혼살의 시선이 이번에는 저편 전각으로 돌아갔다.

후원의 초입에 세워진 전각인데, 천살과 지살이 지붕의 용마루에 앉아서 그녀를 향해 손을 흔들고 있었다.

"이 시간에 지붕 청소를요?"

"영내에 백마사 애들이 통째로 들어와 있고, 밖에서 일어난 싸움으로 여섯이나 죽었다는데, 별수 있나. 우리도 우리가 할 수 있는 건 해야지."

사문지현이 이제야 금혼살 등의 깊은 속내를 알아차리며 진심으로 흐뭇한 미소를 드러냈다.

"고생하세요."

금혼살이 별소리를 한다는 듯 손을 내젓고는 슬쩍 그녀의 곁에 서 있는 무허를 일별하며 말했다.

"그보다 화산파의 꽃냄새가 나는 저 친구는 우리가 신경 쓰지 않아도 되는 거지?"

사문지현이 슬며시 무허를 바라보며 금혼살의 말을 그대로 옮겼다.

"신경 쓰지 않아도 되는 거지?"

무허는 무슨 그런 의심을 다 하냐는 듯 펄쩍 뛰며 대답했다.

"당연하죠! 걱정 마십시오! 걱정하지 않아도 됩니다! 저는 눈곱만큼도 나쁜 마음 가진 거 없습니다!"

사문지현이 빙그레 웃으며 금혼살을 쳐다보며 말했다.

"그렇다고 하네요."

"난 또 혹시나 했지. 알았으니, 하던 산책 계속들 해."

금혼살이 멋쩍게 입맛을 다시며 돌아섰다.

앞서 그가 사뭇 매서운 눈초리로 무허를 주시한 이유가 드러나는 순간이었다.

무허가 저 멀리 사라지는 금혼살을 주시하며 말했다.

"피 냄새가 나는 사람이던데……?"

"당연하지. 원래 그런 일을 하던 사람이니까."

사문지현이 대수롭지 않게 대꾸하며 발길을 재촉했다.

"뭐 해? 똥마렵다며?"

무허는 여자 입에서 이렇듯 자연스럽게 똥 얘기가 나올 줄은 몰랐던지라 화들짝 놀라며 허둥지둥 그녀를 따라갔다.

"제발 말 좀 가려서 해요, 사매. 여자 입에서 그, 그, 그 똥 얘기가 웬 말이오."

사문지현이 자못 짓궂은 표정으로 무허를 돌아보며 말했다.

"똥이 어때서? 우리 사제, 혹시 여자는 트림도 안 하고 방귀도 안 뀌고, 똥도 안 싸며 이슬만 먹고 사는 줄 아는 거야?"

무허는 정말 이럴 줄 몰랐다는 듯 몸서리를 치며 절레절레 흔들었다.

도대체가 그는 여기 풍잔에 온 이후, 이래저래 마치 딴 세상

같아서 정신을 차릴 수가 없었다.

그때였다.

다시금 무허의 정신을 혼란스럽게 만드는 상황이 벌어졌다.

후원 쪽으로 들어선 직후였다.

식재료 창고로 보이는 작은 건물 앞에서 낡은 마의를 후줄근하게 차려입은 사내 하나가 손으로 끄는 수레 하나에 가득 실어온 서너 마리의 통돼지를 옮기고 있었는데, 무허는 다시금 무의식중에 발걸음을 멈추어 버렸다.

앞서 금혼살과 마주쳤을 때와 같은 느낌이었다.

마의사내에게서도 피 냄새가 났다.

그것도 본능적으로 가까이 다가가는 것이 께름칙할 정도로 강렬한 피 냄새였다.

'이건 또 뭐지?'

무허는 새삼 중첩되는 혼란 속에 혹시나 하는 마음으로 사문지현을 향해 물었다.

"저기, 저 사내……?"

"알아. 우리 풍잔의 주방에 돼지고기를 대는 육방의 점장이야."

"아니, 그게 아니라."

"아, 글쎄, 안다니까!"

사문지현이 거듭 그의 말을 끊었다. 그리고 그에게 고개를 기울이며 나직한 속삭임으로 덧붙였다.

"그러니까 내색하지 마. 원래 그런 거 싫어하던 사람이니까."

무허는 절로 오만상을 찡그렸다.

아무리 봐도 마의사내는 그조차 승리를 장담하기 어려울 정도로 고도의 경지에 오른 검도고수이며, 숱한 살업의 결과로 온몸에 피 냄새가 잔뜩 배어 있었다.

강호 무림을 통틀어도 이 정도의 살인귀는 절대 흔치 않았다. 적어도 그 정도는 능히 알아 볼 수 있는 고수가 그였다.

'대체 풍잔에는 이런 자들이 얼마나 있는 거지?'

무허는 너무 혼란스러워서 정신이 다 멍했다.

사문지현이 그런 그의 태도와 상관없이 반색한 얼굴로 막 통돼지 하나를 어깨에 짊어지는 후줄근한 마의사내에게 다가가 인사했다.

"이게 다 뭐예요? 주군 오셨다고 돼지 좀 잡으셨나 보네요?"

대도무문 大道無門 (8)

설무백은 매사에 싫고 좋고가 명확하고, 한 번 해서 될 말을 두 번 반복하는 것을 매우 싫어할 정도로 단백한 사람이었다.

제갈명은 그런 설무백의 성정을 익히 잘 알기에 그간의 사정과 동향을 일말의 군더더기 하나 없이 간단명료하게 추려서 보고했다.

사실 그래도 제갈명의 입장에선 보고할 것이 차고 넘쳤고, 결정과 승낙을 받아야 하는 사안들이 산처럼 쌓여 있었다.

이제 풍잔의 체계가 거의 완벽하게 자리를 잡아서 설무백의 부재와 상관없이 안정적으로 돌아가고 있긴 하나, 또 그만큼 빠르게 진화하며 다방면에 걸쳐 영향력을 넓혀 가고 있는 까닭에 처리하고 해결해야 할 일도 부쩍 늘어난 결과였다.

제갈명의 보고는 그래서 최대한 추리고 간단명료하게 정리했음에도 불구하고 어쩔 수 없이 장장 한 시진을 넘겨야 했다.

우습지 않게도 설무백은 그런 제갈명의 보고를 그 자리에서 간단하게 두 가지로 요약했다.

난주와 일대의 모든 것이 풍잔의 영향력 아래 있다는 것과 이제 더 이상 예전처럼 주먹구구식의 방만한 운영은 지양해야 한다는 것이 바로 그것이었다.

설무백은 그런 결론을 토대로 말했다.

"영역이 넓어지면 책임져야 하는 식구가 늘어나는 게 당연하고, 책임져야 하는 식구가 늘어나면 당연히 보다 더 유연하면서도 체계적인 관리가 요구되는 법이지. 그렇게 해."

"예?"

"관리 체계를 보다 더 유연하게 조정해서 잘 관리하라고."

"예에?"

"아, 그리고 내 결정과 확인이 필요한 사안이라는 저 서류들은 내 방에 갖다 놔. 내일 중으로 처리해 줄게."

"……."

제갈명은 실로 어처구니가 없어서 말문이 막힌 표정으로 벌어진 입을 다물지 못하며 설무백을 바라보았다.

그러나 설무백은 이미 그를 보고 있지 않았다.

아무렇지도 않게 그를 외면한 채 좌중을 둘러보고 있었다.

"……!"

제갈명이 뒤늦게 항변하려는 기색으로 엉덩이를 들썩이다가 뒷목이 눌려서 그대로 주저앉았다.

환사가 지그시 그의 뒷목을 잡은 손에 힘을 주며 사나운 눈빛으로 차갑게 속삭였다.

그의 귀에만 들리는 목소리, 전음이었다.

-주군은 할 수 있는 것만 시킨다. 할 수 없는 건 안 시켜. 주군이 시켰는데 못했다면 그건 못한 게 아니라 안 한 거다. 일하기 싫냐?

제갈명은 한숨을 내쉬었다.

수긍이었다.

그리고 이내 자못 신경질을 부리듯 환사의 손을 뿌리치며 대꾸했다.

"왜 자꾸 손부터 나오세요? 말로 하세요, 말로! 한 번만 더 이러시면 새롭게 꾸미는 관리 체계에다가 호법에 준해서 하루 세 번 아침, 점심 저녁으로 외곽 순찰 삥삥이 돌립니다!"

장내의 분위기가 싸하게 변했다.

좌중의 모두가 웃고픈 표정으로 제갈명과 환사를 바라보고 있었다.

우발적으로 일어난 소란이었다.

제갈명은 전음을 펼칠 수 없기에 나직한 목소리로 말했으나, 적어도 지금 장내에는 그 정도 속삭임을 듣지 못할 정도의 하수는 없었다.

환사가 애써 아무렇지도 않은 표정으로 시치미를 떼며 제갈명의 뒷목을 누르고 있던 손을 슬며시 거두어들였다.

그러고는 이내 크게 부라린 눈으로 좌중을 훑어보았다.

좌중의 모두가 대번에 시선을 돌렸다.

환사의 꼬장꼬장한 성격을 감당하고 싶은 사람은 하나도 없는 것이다.

설무백은 그저 피식 웃고는 차분하게 하려던 말을 꺼냈다.

"이번에 제가 확인한 바에 따르면 묘강에 이어, 관외와 세외에서도 저들의 폭거가 있었습니다. 저는 저들의 시선이 당장에 중원으로 향할 것이라고는 보고 있지 않지만, 그렇다고 선뜻 어디로 향한다고 예단할 수도 없습니다. 해서, 저는 여전히 기존의 입장을 고수할 생각입니다."

그는 다른 의견이 있으면 듣고 싶다는 듯 천천히 좌중을 둘러보았다.

환사가 우발적으로 일어난 방금 전의 소란을 만회하고 싶은지 선뜻 나서서 의견을 말했다.

"외람된 말일지 모르겠지만, 계속해서 선우장졸(善于藏拙), 능력이 없는 듯 낮은 기조를 취하며, 도광양회(韜光養晦), 드러내지 않고 숨어서 힘을 기르며 때를 기다리자는 주군의 계획은 이미 물 건너 간 거 아닌가요? 아마 이제 강호 무림에서 우리 풍잔을 모르는 사람은 거의 없을 걸요, 아마? 그간 방문한 낭인 애들은 차치하고, 이제 화산 애들까지 대놓고 찾아오는 마당에……!"

"정말 외람된 말이네요."

제갈명이 환사의 말을 자르고 나서며 조리 있게 따져서 면박을 주었다.

"그간 풍잔을 찾아온 낭인들은 거의 다 감숙성에 있는 비림과 연관된 자들이고, 화산 애는…… 아니, 무허라는 그 화산파 검객은 말 그대로 화산파 검객이기에 풍잔을 알고 찾아온 겁니다. 소위 아는 사람만 아는, 그야말로 소리 없이 유명하다는 거죠, 우리 풍잔이. 그러니 주군의 계획을 지속해도 아무 문제 없습니다. 잘 알지도 못하면서……!"

환사가 붉어진 얼굴로 제갈명을 노려보며 손가락으로 콧잔등을 긁었다.

콧잔등보다는 주먹이 근질거리는 표정이었다.

제갈명의 말이 반박의 여지가 없이 맞는 말이라서가 아니라 설무백 앞이라 애써 참고 있는 것이었다.

제갈명이 은근슬쩍 그런 환사를 쳐다보며 얄밉게 웃는 것으로 약을 올렸다.

내일 당장 맞아 죽는 한이 있어도 오늘 누릴 수 있는 위세는 다 누리고 마는 성격의 소유자가 그였다.

환사의 얼굴이 한층 더 시뻘겋게 달아오르는 참인데, 검노가 가벼운 헛기침으로 주위를 환기시키며 물었다.

"큼, 그럼 무림맹과도 계속 관계를 맺지 않고 거리를 두는 것이오?"

조심스러운 질문이었지만, 설무백은 대번에 검노의 속내를 읽을 수 있었다.

아니, 사실 속내를 읽고 말고 할 것도 없었다.

검노는 스스로 사문을 등지고 나온 주제에 항상 사문의 동향을 주시하며 염려하고 걱정하며 살고 있었기 때문이다.

지금 검노의 질문은 무림맹이 아니라 무림맹에 속한 무당파를 염두에 두고 있는 것이다.

설무백은 내심 고소를 금치 못했다.

인생의 대부분을 의지와 무관하게 강제로 감금당해 살았으면서도 끝내 사문을 걱정하는 검노의 처지가 과거에 믿고 의지하고 따르던 사람들의 배신으로 죽음을 맞이했음에도 불구하고 아직도 종종 그들의 행동이 배신이 아니라 무언가 다른 이유를 가진 피치 못할 선택일지도 모른다는 생각을 하는 자신과 묘하게 닮았다는 생각이 들어서였다.

그는 애써 내색을 삼가며 말했다.

"전에도 말씀드렸다시피, 저는 무림맹과 흑도천상회를 포함한 그 어떤 강호 무림의 방파도 믿을 수가 없습니다. 저들의 간자가 대체 어디까지 침투했는지 전혀 알 수가 없어서 말입니다."

검노가 인정한다는 듯 묵묵히 고개를 끄덕이면서도 어딘지 모르게 시무룩한 표정이 되었다.

설무백은 그 모습에 절로 픽 웃으며 이번에 처리한 사실을 알렸다.

"대신 제아무리 그들과 관계를 끊고 거리를 두는 것은 그들을 지키고자 함이지 단절하고 버리려는 것이 아닌 이상, 언제까지 차단하고 갈 수는 없지요. 해서, 이번에 한 가닥 줄은 연결해 두었습니다. 신중하게 차근차근 넓혀 갈 생각이니, 너무 조급하게 생각 마시고 기다려 보십시오."

검노의 얼굴이 대번에 화색이 돌았다.

그는 그걸 감추고 싶은 듯 애써 딴청을 부리며 말했다.

"내가 조급은 무슨…… 주인이 잘 알아서 처리할 것을 뻔히 아는 이 늙은 것이 왜 조급할 것이오."

나이를 먹으면 애가 된다고 했던가?

설무백은 애써 딴청을 부리며 말을 얼버무리는 검노의 태도가 마치 남몰래 꿀단지를 열었다가 들켜서 얼른 닫아 버린 아이의 변명 같아서 속으로 웃었다.

유치해서 정이 가는 모습이었다.

그러나 그런 그와 달리 검노의 태도가 너무나도 놀랍고 황당해서 절로 입이 벌어진 사람이 있었다.

본의 아니게 취의청의 한자리를 차지하고 앉은 무왕 석정이 그랬다.

이제 와서 말이지만 검노가 무왕이라는 그의 정체를 알고서도 굳이 내색하지 않는 것처럼 그 역시 검노의 정체가 무당마검이라는 것을 알면서도 애써 내색하지 않고 있었던 까닭에 그럴 수밖에 없었다.

오랜 과거, 호기롭던 시절의 그는 쌍성의 하나로 꼽히는 적현자가 무당마검이라는 별호를 얻을 정도로 삭막한 검예의 소유자라는 소문을 듣고 호기심이 들끓어서 무당산을 찾아간 적이 있었고, 우여곡절 끝에 비무까지 벌인 사이라 적잖은 세월이 지났음에도 모르려야 모를 수가 없었다.

하물며 오늘의 무왕, 명실공히 천하제일 고수 석정이 있기까지 가장 큰 영향력을 끼친 사람이 무당마검 적현자였다.

당시 석정은 그야말로 전력을 다해서 피 튀기는 접전을 벌였음에도 끝내 적현자와 승부를 결하지 못한 채 헤어졌고, 승승장구하던 그는 그날의 승부를 뼈아픈 실패, 성장의 밑거름으로 삼아서 보다 더 정진한 끝에 마침내 무왕이라는 천하제일 고수의 자리에 올라설 수 있었던 것이다.

그런데 대체 이게 뭔가?

지금 그가 눈으로 보고 있는 검노가, 바로 적현자가 실로 그날의 무당마검이 맞는 것일까?

대쪽도 그런 대쪽이 없고, 폭급하고 과격해도 그렇게 폭급하고 과격할 수 없다고 생각하던 무당마검 적현자가 어찌 이렇듯 나긋나긋한 노인네로 변해 버렸단 말인가?

왜?

어째서?

'사람은 세월이 지나면 변하기 마련인 건가?'

석정은 내심 그렇게 생각을 하면서도 절로 고개를 저었다.

그렇게 단정해 버리기에는 지금 적현자의 곁에 앉아 있는 설무백의 존재가 너무나도 커 보였다.

관외쌍신의 하나인 태양신마와 함께 있는 것은 둘째 치고, 풍잔에 와서 흑도십웅의 수위를 다투는 귀도 예충의 존재를 알아보았을 때도 그러려니 했다.

무림쌍괴인 환사와 천월의 정체와 묵면화상 등 반천오객의 세 사람의 정체를 알아보았을 때도, 그리고 그들 모두가 설무백에게 머리 조아리며 주군이라고 부르는 장면을 보았을 때도 놀랍고 당황스럽긴 했지만, 적어도 지금처럼 경악스럽지는 않았다.

무당마검 적현자는 명실공히 천하제일 고수로 자리매김한 그의 뇌리에 그만큼 대단한 인물로 각인되어 있는 것이다.

'대체 이 녀석은 뭐지?'

석정은 새삼스러운 눈빛으로 설무백을 바라보았다.

지금 그의 눈에 들어온 설무백은 강호 무림에서 천하제일 고수로 자리매김한 이후 단 한 번의 패배도 모르던 그 자신에게 처음으로 패배를 안겨 준 절대 고수라는 것이 도저히 믿을 수 없을 정도로 지극히 평범해 보였고, 그래서 더욱 두렵게 다가왔다.

대지약우(大智若愚)라, 큰 지혜를 가진 사람은 잔재주를 부리지 않으므로 오히려 어리석게 보인다는 것처럼 설무백이 극마지경을 넘어서 초마지경에 들어선 마두 아니, 마왕(魔王)일 수도 있겠다는 생각이 들었다.

찬란하게 빛나는 은발머리와 심연처럼 속을 모르게 깊이 가라앉은 느낌을 주면서도 영롱하게 반짝이는 눈빛의 조화가 실로 신비롭게 보여서 더욱 그런 기분을 그에게 안겨 주었다.

마침 그때 설무백이 자리를 털고 일어나서 픽 웃는 낯으로 그에게 시선을 주며 물었다.

"회의는 대충 이 정도로 끝내고, 천사교의 하수인을 신문하러 갈 생각인데, 같이 갈래요?"

석정은 상념에 빠진 채로 얼떨결에 따라 일어났다. 그리고 자신도 모르게 눈빛에 드러나서 일렁이고 있을 의혹의 그림자를 감추느라 애써 삐딱하게 설무백을 바라보다가 이내 자신의 실태를 깨달으며 무색해진 얼굴로 외면했다.

"가야지. 가지."


취의청을 빠져나오는 일단의 무리가 있었다.

선두에 설무백이 나서 있었고, 그 뒤로 풍잔의 중추랄 수 있는 요인들이 줄지어 따르는 중이었다.

영내의 산책을 끝마치고 취의청 밖에서 서성거리고 있던 사문지현이 그들의 앞으로 다가섰다.

무허는 어쩔 수 없이 그녀를 따라갔다.

설무백이 다가가는 사문지현을 보고 먼저 말을 건넸다.

"여기 있었어? 왜 안 들어오고?"

사문지현은 설무백의 태도를 보고 살짝 미간을 찌푸리며 뒤쪽의 제갈명을 바라보았다.

제갈명이 히죽 웃으며 어깨를 으쓱해 보였다.

무허를 취의청에 들이지 않으려고 했던 것이 설무백이 아니라 제갈명의 생각이었던 것이다.

"아니요, 그냥……."

사문지현은 대충 말을 얼버무렸다.

"산책을 하고 싶다는 친구가 있어서요."

설무백이 슬쩍 사문지현의 곁에 서 있는 무허를 보며 고개를 끄덕였다. 그리고 그들을 번갈아 보며 말했다.

"불청객을 취조하러 가는 길인데, 같이 가지?"

사문지현이 대답 대신 무허에게 시선을 주었다.

자신은 당연히 갈 것이라 무허의 의견을 묻는 것이다.

무허는 선뜻 대답하지 못했다.

스스로 생각해도 참으로 민망한 일이었으나, 입이 떨어지지 않았다.

가히 기라성 같은 인물들을 거느리고 나타난 설무백을 보자 본의 아니게 자신이 초라하게 느껴지며 주눅이 들어 버렸다.

자신은 천하의 화산·문하, 그것도 화산파를 대표하는 검객인 화산칠검의 하나이며, 화산파의 내규에 따라 아직 대외적으로 알려지지는 않았으나, 화산제일검인 경빈진인의 의발전 인이었다.

의발(衣鉢)이란 가사와 바리때를 가리키는데, 정식으로 사승 관계를 맺고 전수받는 직전 제자(直傳弟子), 기명 제자(記名弟子)등 의 적전 제자(嫡傳弟子)의 경우에 유일한 전승자라는 의미가 더 해진 것으로, 소위 세속에서 말하는 일자상전(一子相傳)이나 유 수일인(唯受一人), 일인전승(一人傳承)과도 같은 의미였다.

즉, 그는 화산파에서 유일하게 화산제일검 경빈진인의 모 든 진전을 물려받도록 선택된 제자인 것이다.

'그런 내가 일개 흑도의 위세에 주눅이 들어서 이리 오금을 절며 입조차 떼지 못하고 있다고?'

이건 실로 개인의 수치를 떠나서 사문을 욕되게 하는 짓이 었다.

감당할 수 없어도 감당해야 하는 일이었다.

무허는 절로 찾아든 자성의 목소리에 정신을 차리며 남몰래 사력을 다해서 주먹을 움켜쥐었다.

투박한 손톱이 단련으로 거칠어진 손바닥을 파고들며 쩌릿 한 통증을 유발하며 그의 정신을 한결 맑게 해 주었다.

그는 그렇게 되찾은 여유로 애써 미소를 보이며 말했다.

"그러죠. 같이 가죠."

사문지현이 찰나지간 무허가 벌인 심도 깊은 내면의 싸움 을 전혀 감지하지 못한 채 고개를 끄덕이며 설무백을 향해 말했다.

"그렇게 하겠다네요."

설무백은 그녀의 대답을 들으며 이채로운 눈빛으로 무허를 바라보았다.

무허가 그의 말에 따르겠다고 해서가 아니었다.

방금 전 그는 남몰래 끌어 올린 공력을 발휘해서 무허를 향해 막강한 위세를 가했었다.

낭왕 이서문의 유전을 통해서 습득한 대라기(大羅氣)라는 이 수법은 분노나 적개심, 또는 살기와도 다른 종류의 기세로, 일시에 가없는 기상을 드러내서 상대에게 굴복과 복종을 강요하는 일종의 위엄이었다.

그런데 어지간한 사람은 절로 무릎을 꿇거나 애써 버티고 버티다 끝내 심마에 빠져서 피를 토한다는 대라기를 무허가 별반 무리 없이 감내한 것이다.

'그사이 경빈진인을 사사했다는 건가?'

아마도 그랬을 가능성이 매우 높았다.

그게 아니라면 적어도 이렇게 빨리 대라기를 극복할 리 없었다.

'그렇다면 쓸 만하지.'

설무백은 내심 무허를 어떻게 구워삶아야 무림맹의 백선으로 포섭할 수 있을지를 고민하기 시작하며 묵묵히 발길을 서둘렀다.

이윽고, 그를 위시한 풍잔의 요인들이 도착한 곳은 특별한 목적으로 풍잔의 심처에 마련된 몇몇 비밀 장소 중 하나인 장소였다.

하늘에서 보면 만(卍) 자 형태로 배치되어 있는 풍잔의 건물들 중에서 북동쪽의 끝자락에 자리한 전각인데, 무향각(無香閣)이라는 현판이 걸려 있었다.

그런데 단층인 아담한 전각인 무향각은 이름과 달리 입구에서부터 매우 지독한 냄새를 풍겼다.

그것도 피비린내였다.

전각의 입구가 바닥이며 벽이며 피로 칠갑이 되어 있었다.

설무백을 위시한 풍잔의 요인들은 익숙한 듯 별다른 표정의 변화 없이 어디까지나 무심했다.

하지만 철각사라는 이름으로 자신의 신분을 감춘 석정과, 태양신, 검영 등의 표정은 하나같이 심상치 않게 변했고, 무허도 그중의 한 사람이었다.

지극히 폐쇄적으로 보이는 건물에서 풍기는 진한 피비린내는 천하의 그 누구라도 경각심을 가질 수밖에 없었다.

제갈명이 그런 그들의 기색을 의식한 듯 설무백의 뒤를 따라서 무향각으로 들어서며 설명해 주었다.

"사람 피가 아니라 개 피입니다. 저도 들은 얘기인데, 공포 분위기를 조성하는 거랍니다. 유치할 정도로 고전적인 방법이긴 하지만, 적을 심문할 때 매우 유용하다고 하더군요. 적은 이게 사람 피로 알고, 피는 사람의 감정을 흔들고 약하게 만드는데 가장 뛰어난 도구라나 뭐라나, 아무튼 전문가의 소견입니다."

말만 들어서는 적이 아니라 지금 보고 있는 그들도 개 피인지 아니면 진짜 사람의 피인지는 잘 모르겠지만, 아무튼 무향각이 적을 심문하는 혹은 취조하는 장소라는 것이다.

과연 그랬다.

무향각은 대청으로 들어서자마자 우측에 자리한 계단을 통해서 지하로 내려가는 구조였고, 거기 지하에는 통으로 하나인 드넓은 취조실이 자리하고 있었다.

출입구를 제외한 사방의 벽이 모두 다 각종 고문 도구로 가득 채워진 장과 선반으로 꾸며진 취조실이었다.

거기 최조실의 중앙에 두 눈을 천으로 가린 중년인 하나가 속곳으로 중요 부위만을 가린 채 바닥과 붙은 철제 의자에 결박되어 있었다.

그리고 그 곁에는 작은 체구에 곱상한 얼굴의 소유자인 사내 하나가 두 명의 사내가 지켜보는 가운데 철제 의자에 결박된 중년인의 전신을 구석구석 살피고 있었다.

두 명의 사내는 바로 광풍십삼랑 토웅과 두 눈을 제외한 얼굴 전체를 하얀 천으로 친친 감은 백마사의 주지 금안혈승이었다.

그들은 설무백 등이 안으로 들어서자 후다닥 뒤쪽으로 물러났다.

토웅이 설무백을 보기 무섭게 공수하며 어리둥절해서 두리
번거리고 있는 금안혈승을 끌고 갔다.

하지만 철제 의자에 결박되어 있는 중년인을 살피는 사내는
적잖은 사람들이 안으로 들어서는 인기척을 느꼈을 텐데도 전
혀 신경 쓰지 않고 하던 일에 열중하고 있었다.

무언가에 몰두하면 하늘이 무너지고 땅이 꺼져도 전혀 신경
쓰지 않는 사람의 전형으로 보이는 사내였다.

천타가 소리쳤다.

"야!"

철제 의자에 결박된 중년인의 몸을 살피던 사내가 그제야
정신이 돌아온 것처럼 고개를 돌렸는데, 그는 바로 광풍오랑
소우였다.

그 소우가 설무백을 보고는 깜짝 놀라더니 일어나서 고개를
숙였다.

"오셨습니까, 주군!"

설무백은 오랜만에 만난 소우를 반갑게 바라보았다.

"여전하네. 그래, 뭐 좀 건진 거 있어?"

소우가 멋쩍은 표정으로 뒷머리를 긁적이며 대답했다.

"주술이나 고독에 당한 건 아니었습니다. 해서, 일단 내공을
쓰지 못하게 단전은 막아 놓았고, 독단을 제거하느라 위아래로
네 개씩의 어금니를 빼고 나서·몇 가지 시험해 봤는데, 보통 녀

석이 아닙니다. 고타(拷打 : 몽둥이로 패는 고문)나, 척결(剔抉)정도는
입도 벙긋 안 하고 우습게 견디네요. 지금 막 수위를 높여서 착
봉(搾蜂)을 시도해 보려는 참이었습니다."

설무백은 고개를 갸웃했다.

"고타는 들어 봤는데, 척결은 뭐고, 착봉은 또 뭐야?"

고문 장인이라는 별명과 어울리지 않게 잘생긴 얼굴과 미성
을 가진 소우가 기다렸다는 듯 설명했다.

"척결은 살을 도려내고 뼈를 바르는 겁니다. 거기에 다시 소
금을 뿌리면 척결첨염(剔抉添鹽)이 되는 건데, 그건 착봉보다 높
은 수위라 나중에 생각해 봐야하고, 착봉은 쉽게 말해서 손톱
밑과 발톱 밑에 바늘을 찌르는 수법입니다. 단순하지만 제법
자극적이라 견디고 넘어서는 자가 그다지 많지 않지요."

설무백은 대뜸 소우의 머리를 한 대 쥐어박으며 눈총을 주
었다.

"야, 이 변태야. 정말 여전하구나, 너? 대체 어떻게 하면 그
런 섬뜩한 얘기를 하면서 그리도 두 눈을 초롱초롱하게 뜨고
있을 수 있는 거냐?"

"아, 죄송······!"

소우가 새삼 뒷머리를 긁적이며 멋쩍게 웃었다.

다른 사람이 지금처럼 말했다면 죽기를 각오하고 싸웠을
그일 테지만, 설무백은 예외였다.

예전부터 그를 이렇게 놀릴 수 있는 사람은 설무백밖에 없

었고, 그는 그런 설무백의 태도에 한 점의 악의도 없다는 것을 익히 잘 알기에 지금처럼 아무렇지도 않게 웃을 수 있었다.

이내 슬쩍 설무백의 눈치를 본 소우가 말했다.

"어디 한번 지금 시작해 볼까요?"

설무백은 인기척에 반응을 보이며 이리저리 두리번거리는 철제 의자의 노인을 잠시 바라보고 나서 물었다.

"이자가 섭혼술로는 도저히 가능성이 없는 자라는 거 확실한 거지?"

소우가 왜 이런 질문을 하는 것인지 익히 잘 안다는 듯 신중하게 고개를 끄덕이며 대답했다.

"제가 아는 한 사람의 자아를 완벽하게 지배하는 섭혼술은 과거 백 년 전의 대마두인 광도사왕 이경과 그 측근인 광천이제(狂天二帝)가 죽은 이후에 강호 무림에서 완전히 사라진 것으로 압니다. 장담하는데, 총관인 융사는 말할 것도 없고, 요미의 섭혼미령안도 절정에 달하지 않는 한 절대로 이자의 입을 열게 할 수는 없을 겁니다."

설무백은 가만히 고개를 끄덕이며 거듭 물었다.

"그럼 그 착봉이라는 수법으로 이자의 입을 열 수 있는 가능성은 얼마나 돼?"

소우가 일말의 고민도 없이 고개를 저었다.

"가능성은 전무합니다. 착봉은 다만 이자에게 다음에 겪을 고통에 대한 공포심을 극대화시키려는 수단에 불과합니다."

"그럼 그런 단계가 몇 개나 필요할 것 같아?"

"얼추 세 단계나 네 단계, 착봉 다음에 능지첨염, 그 다음에 하간두충욕(下奸頭蟲浴)까지는 갈 것 같습니다."

하간두충욕은 머리만 밖으로 나와 있게 고정한 욕조에 가두어 놓고 머리에 꿀을 부어서 측간에 넣어 두는 수법이었다.

말만 들으면 그게 뭔가 싶겠으나, 실상을 알게 되면 이 보다 더 끔찍한 고문도 드물었다.

머리에 벌레가 꼬여서 코와 귀, 입으로 파고드는 가운데, 욕조에 담긴 하반신은 시간이 갈수록 물에 불어 가고, 또 자연의 섭리인 배변으로 물이 썩어 가며 각종 구더기와 함께 몸도 썩어 가게 만드는 것이 바로 하간두충욕이라는 고문수법인 것이다.

설무백은 마지막으로 확인했다.

"그래도 이자가 입을 열지 않으면?"

소우가 단호하게 장담했다.

"그런 일은 없습니다! 틀림없이 입을 열 겁니다! 그냥 죽여 달라는 말을 하기 위해서라도!"

설무백은 뒤로 한 걸음 물러나며 말했다.

"시작해."

"옙."

소우가 고개를 숙이며 대답하고는 이내 고개를 들고 주변을 둘러보며 말했다.

"비위가 약한 분들은 나가서 기다리는 게 좋을 겁니다."

끔찍하고 잔인할 테니, 보기 싫거나 볼 수 없는 사람은 나가서 기다리라는 뜻이었다.

하지만 나가는 사람은 없었다.

대력귀나 사문지현 등 여자들도 애써 어금니를 악물며 제자리를 고수했다.

소우가 멋쩍게 돌아서서 고문을 시작했다.

소우는 과연 고문 장인이라는 소리를 들을 자격이 있었다.

그는 철제 의자에 결박당한 중년인의 열 개의 손톱과 열 개의 발톱 아래 각기 열 개의 바늘을 찔러 놓는 동안, 그것도 지루할 정도로 천천히 그렇게 하면서도 시종일관 무심한 태도로 눈 하나 깜짝하지 않았다.

오히려 지켜보고 있는 사람들 중에서 참지 못하고 미간을 찌푸리거나 외면하는 사람이 있었다.

그다음에 곧바로, 다만 서두르지 않고 느긋하게 이어진 능지첨염의 고문에서도 그랬다.

일말의 동요도 없이 차분하면서도 신중하게 중년인의 살점을 저미고 소금을 뿌리는 소우의 모습은 마치 무언가 신성한 의식을 치르는 도인으로 보이는 착각을 일으킬 정도였다.

"으……!"

중년인은 결국 참고 참았던 신음을 흘렸다.

그리고 얼마 지나지 않아서, 다음 단계인 하간두충욕으로 넘어가기도 전에 말을 더듬어서 소우의 장담이 거짓이 아님을 증명해 주었다.

"……제, 제발 그냥 죽여 다오!"

눈이 가려진 채 철제 의자에 결박당한 중년인, 바로 백마사의 오대살승 중 하나인 혈인귀의 모습을 하고 있는 자의 입에서 마침내 죽여 달라는 말이 나오자 설무백을 비롯한 장내의 모두가 절로 고개를 끄덕였다.

결국 소우의 말대로 된 것이다.

그러나 정작 소우의 태도에는 조금의 변화도 없었다.

그는 그저 지금까지 그랬듯 한 손에 든 단도를 무심하게 놀려서 중년인의 살점을 얇게 저미고 있었다.

무슨 금속으로 만들어졌는지, 도신을 타고 요사스러운 푸른 빛이 일렁거리는 단도는 무서울 정도로 예리했다.

한쪽 다리부터 시작한 그의 고문, 능지첨염은 어느새 나머지 한 다리를 포함한 하반신를 다 끝내고 가슴 아래 옆구리까지 올라와 있었는데, 제법 단단한 근육으로 보이는 가짜 혈인귀의 옆구리는 단도가 닿기 무섭게 종이처럼 얇게 베어져서 핏물을 머금었다.

좀처럼 핏물이 흘러내리지 않는 것은 칼질이 워낙 섬세한 까닭인데, 소우는 어디까지나 무심하게 다른 손으로 옆에 가져다둔 가마니의 소금을 한 움큼 퍼서 저며진 살점에 골고루 바르고 있었다.

소금을 뿌리지 않고 손바닥으로 정성껏 문질러서 바르는 것은 그만큼 고통을 배가시키기 위한 노력이리라.

설무백은 마침내 가짜 혈인귀의 입에서 죽여 달라는 말이 나왔음에도 고문을 멈추지 않는 소우의 태도를 선뜻 이해할 수 없었다.

아니, 그만이 아니라 장내의 모두가 그와 같은 기색이었다.

그저 그의 눈치를 보느라 선뜻 나서서 묻지 않고 있을 뿐이었다.

그때 그런 장내의 분위기와 상관없이 가짜 혈인귀의 저며진 살에 소금을 뿌리던 소우가 고문을 시작한 이후 처음으로 입을 열어서 모두의 궁금증을 해소해 주었다.

"아니야. 너무 쉬워. 고작 이 정도밖에 못 버틴다는 건 말이 안 돼. 진심이 아닌 거야. 아직 할 게 한참 남았으니까 좀 더 생각해 봐."

소우는 가짜 혈인귀가 아직 진심으로 굴복한 것이 아니라고 보는 것이다.

듣고 보니 정말 그런 것 같기도 하고, 다른 한편으로 어쩌면 이것도 고문하는 방법의 하나일지도 모른다는 생각도 들어서 정말 아리송했다.

다만 정작 당사자인 가짜 혈인귀는 절대 그게 아니라고, 정말 진심이라고 강변했다.

"아, 아니오! 지, 진심이오! 진심으로 죽고 싶소! 말해 보시오! 죽을 수만 있다면 당신들이 원하는 게 뭐든지 다 들어주겠소!"

소우가 여전히 무심하게 단도를 놀려서 가짜 혈인귀의 옆구리를 저미며 지나가는 말처럼 나직이 물었다.

"아닌 거 같은데?"

"크으……!"

이제 더는 비명을 참지 못하는 가까 혈인귀가 애절해진 목소리로 피를 토하듯 다급하게 소리쳤다.

"진심이오! 정말 진심이오! 뭐든지 물어보시오! 다 말해 주겠소! 그러니 제발……! 크으으……!"

소우가 그제야 무심하게 기계적으로 움직이던 손길을 멈추었다. 그리고 가만히 일어나서 뒤로 물러나며 설무백을 향해 고개를 숙였다.

이제야 자신의 임무가 다 끝났다는 태도였다.

설무백은 묵묵히 고개를 끄덕여 주는 것으로 치하하고, 소우가 내준 자리로 나섰다.

신음을 삼킨 가짜 혈인귀가 무언가 장내의 분위기가 바뀌었다는 것을 감지한 듯 두리번거렸다.

극도의 불안감으로 인해 자신의 두 눈이 가려져 있다는 사실조차 잊은 것 같은 행동이었다.

설무백은 문득 손을 내밀어서 가짜 혈인귀의 눈을 가린 천을 거두고, 내공을 사용하지 못하게 점해 놓은 단전의 혈도도 풀어 주었다.

가짜 혈인귀가 힘겹게 고개를 들고서 설무백을 바라보았다.

그는 설무백이 유독 내공을 막은 혈도만을 풀어 준 이유를 이미 짐작하고 체념한 듯 보이는 모습이었다.

설무백은 어디까지나 냉정하게 그런 가짜 혈인귀를 주시하며 말했다.

"네 모습으로 돌아가."

체념에 물들어 있던 가짜 혈인귀의 눈빛과 안색이 변화하더니, 이내 체형과 얼굴이 전혀 다른 모습으로 바뀌었다.

날카로운 실눈을 가진 사십 대의 중년인이던 혈인귀의 모습이 부리부리한 호목과 주먹코, 각진 턱을 가진 육십 대 이상의 노인으로 변해 버렸다.

설무백은 냉정한 눈빛만큼이나 차가운 목소리로 물었다.

"명호는?"

노인이 거듭 체념하듯 나른한 한숨을 내쉬며 대답했다.

"구음(九陰)요. 교내에서는 구음지마(九陰地魔)로 불리고 있소."

"십이신군에 속한 자인가 아니면 그들의 아래인 백팔사도에 속한 자인가?"

"백팔사도요."

"좋아. 백팔사도에 속한 구음지마. 지금부터 내가 너에게 몇 가지 질문을 할 거다. 미리 말해 두는데, 너는 이 자리에서 틀림없이 죽는다. 단, 약속한다. 내가 묻는 말만 제대로 대답해 준다면 고통 없이 죽을 수 있을 테지만, 그렇지 않다면 죽고 싶어도 죽지도 못하는 상태로 만들어서 죽여 달라고 애원하게 만들 거다."

설무백은 단호한 선언과 달리 무심한 눈빛으로 노인, 구음지마를 바라보았다.

깊은 연못처럼 고요하지만, 그 깊숙한 곳에서부터 뿜어져 나오는 강렬한 위엄이 방금 한 자신의 말이 절대적인 진심임을 웅변하고 있었다.

구음지마가 마치 차라리 죽기를 바랄 정도로 고통스러웠던 소우의 고문이 다시 시작된 것처럼 식은땀을 흘리며 몸서리를 쳤다.

절로 설무백의 시선을 피해서 고개를 숙인 그는 체념의 목소리로 대답했다.

"이 지경까지 되어서 죽음을 목전에 두고 있는데, 무엇을 감추고 말고 할 것 있겠소. 어서 물어보시오."

설무백은 첫 번째 질문을 던졌다.

"오늘 나는 전에 보지 못한 강시들을 보았다. 그 강시들은 뭐고, 어떻게 만들어진 거냐?"

구음지마가 의외의 질문인 듯 잠시 뜸을 들였으나, 굳이 회피하지 않고 이내 대답했다.

"역시 우리의 탈출로를 확보하기 위해 외곽에서 대기하던 애들도 이미 당한 모양이구려. 아무려나, 그들이 대동한 강시는 우리 천사교의 주술과 대법으로 만들어진 역천강시오."

"역천강시? 금강시나 천강시가 아니고?"

"금강시의 단계는 넘어섰으나, 천강시의 단계에는 미처 도달하지 못한 실패작들이오. 그래서 역천강시요."

"그 말인 즉, 실패작이 아닌 완전한 천강시도 있다는 건가?"

"사혼강시라고 하오. 모르긴 해도 이번에 우리가 사혼강시를 대동했더라면 상황이 크게 달라졌을 거요."

설무백은 문득 싸늘해져서 쏘아붙였다.

"수천의 목숨을, 그것도 세상모르고 천진난만한 어린 목숨을 수천이나 죽이고 얻은 그따위 괴물들이 자랑스럽나?"

"……!"

구음지마가 찔끔하며 조개처럼 입을 다물었다.

한순간 화산처럼 폭발하는 설무백의 압도적인 신위 앞에서 완전히 눌려 버린 모습이었다.

설무백은 애써 감정을 누르며 다음 질문을 던졌다.

"그래, 천인공노할 만행을 저질러서 그따위 괴물들을 만들어낸 천사교주의 정체는 누구냐? 물론 알고 있겠지?"

구음지마가 크게 당황하며 절레절레 고개를 흔들었다.

"아, 아니오. 나는 모르오. 천사교주는 그저 천사교주일 뿐, 진정한 내력이나 신분에 대해서는 알려진 바 없고, 알려고 해서도 안 되는 감히 거역할 수 없는 천사교의 교리요."

설무백은 그럴 줄 알았다는 듯 고개를 끄덕이며 냉소를 날

천외천의
주인

렸다.

"뒤가 구린 놈일수록 어떻게든 본색을 감추려 드는 법이지."

그리고 재우쳐 말했다.

"좋아, 구음지마. 그럼 이제 마지막으로 하나만 더 묻겠다. 천사교는 마교의 교리를 추종하고 있나?"

"……!"

구음지마가 대답 대신 두 눈이 휘둥그레졌다.

실로 예기치 못한 질문에 당황한 기색이었다.

설무백은 세차게 다그쳤다.

"천사교는 마교의 교리를 따르는가?"

"……!"

구음지마가 전신을 부들부들 떨었다.

비교적 안정적이던 눈동자도 불안하게 흔들리고 있었다.

마치 심연 깊숙한 곳에 가라앉아 있던 극도의 공포가 서서히 부상하는 것 같은 모습이었다.

설무백은 그런 구음지마를 냉정히 직시한 채로 장내의 모두에게 나직한 어조로 명령했다.

"다들 나가 주면 좋겠어. 지금 당장."

풍잔에서 그의 명령을 거역할 사람은 없었다.

게다가 바보가 아닌 다음에야 지금 그의 목소리에 실린 진중함을 모를 수가 없으니, 무조건 따르고 봐야 할 터였다.

그러나 세상에는 나서지 않으면 안 될 때가 있고, 그래야만 하는 입장이라는 것이 존재했다.

오늘의 자리에서는 백마사의 주지 금안혈승이 그랬다.

"나도 그자에게 물어볼 것이 있소!"

밖으로 나가 달라는 설무백의 말에 조급해진 탓인지, 그는 허락도 없이 구음지마에게 다가섰다.

"혈인귀는 어떻게 했나?"

설무백은 순간적으로 기세를 일으켜서 금안혈승의 접근을 허락하지 않았다.

소리 없이 일어난 무지막지한 기세가 다가서던 금안혈승을 사정없이 밀어붙인 것이다.

"헉!"

쿵-!

헛바람을 삼키며 날아간 금안혈승이 삐딱하게 기울어진 등으로 벽에 처박혔다.

보통의 경우라면 벽에 부딪쳤다가 튕겨져 나와야 정상인데, 그는 그렇지가 않았다.

금안혈승은 마치 거미줄에 매달린 파리처럼 삐딱하게 기울어진 모습 그대로 등짝이 벽에 붙어 버렸다.

설무백이 일으킨 기세가 여전히 그를 꼼짝도 못하게 밀어붙이고 있었던 것인데, 어느새 그런 그의 곁으로 다가가서 수중의 도끼를 목에 대고 있는 공야무륵이 물었다.

"죽일까요?"

설무백은 귀찮은 내색을 하며 손을 내저었다.

"그냥 데리고 나가 주라."

금안혈승이 그제야 벽에서 떨어지며 비틀거렸다.

공야무륵이 그런 금안혈승의 뒷덜미를 움켜잡고 밖으로 끌고 나가며 흉악하게 눈을 부라렸다.

"한 목숨 건질 줄 알아."

금안혈승이 나서는 바람에 잠시 멈칫했던 장내의 사람들이 그 뒤를 따라서 빠르게 자리를 비웠다.

설무백은 그렇게 비워진 자리에 홀로 서서 구음지마를 향해 히죽 웃으며 물었다.

"빠져나갈 기회를 놓쳤다고 생각하나?"

구음지마가 입맛이 쓰디쓴 표정으로 희미하게 따라 웃으며 고개를 저었다.

"놈을 인질로 잡으려고 했지만, 그걸로 여길 빠져날 수 있다고는 생각하지 않았소. 그저 발악이라도 한 번 해 보고 싶었을 뿐이지."

그랬다.

구음지마는 사지를 구속하고 있던 마혈을 스스로 푼 상태였고, 조금 전 다가서는 금안혈승을 제압해 인질로 잡으려 했다.

설무백이 기세를 발휘해서 금안혈승을 날려 버린 이유가 거기에 있었던 것이다.

무백은 픽 웃으며 말했다.

"발악이라면 지금이라도 늦지 않았다. 보다시피 지금 여기에는 너와 나 둘뿐이니까."

구음지마가 잠시 새삼스러운 눈초리로 설무백을 바라보다가 이내 절레절레 고개를 흔들었다.

"묘하게도 당신과 둘만 있으니 발악이라도 해 보자는 마음조차 사그라지는구려. 대체 당신은 누구요? 어떻게 내가, 아니, 우리가 왜 당신 같은 존재가 있다는 사실을 모르고 있었던 거지?"

설무백은 사뭇 진중해진 눈빛으로 구음지마를 직시하며 말했다.

"당신이 어디 한번 맞춰 봐. 어쩌면 나도 모르는 내 정체를 당신은 알 수도 있을지도 모르니까."

"……?"

구음지마의 얼굴이 볼썽사납게 일그러졌다.

대체 지금 설무백이 무슨 말을 하는 것인지 이해는커녕 감조차 전혀 못 잡겠다는 표정이었다.

그러던 구음지마가 한순간 경악과 불신에 찬 표정으로 변해서 설무백을 바라보았다.

정확히는 설무백의 손이었다.

설무백이 불쑥 손을 내밀어서 검붉은 수정처럼 빛나는 결정체인 천마검을 꺼내 들었기 때문이다.

설무백은 더 없이 예리한 눈초리로 구음지마를 주시하며 물었다.

　"이걸 가진 내가 누구일 것 같으냐?"

　구음지마가 넋이 나간 표정으로 말을 더듬었다.

　"처, 천마공자……?"

대도무문大道無門 (9)

본디 설무백은 천마검을 아니, 자신이 천마검이라고 생각하는 진기의 결정체를 구음지마에게 보여 줄 생각이 없었다.

애초에 그 같은 생각 자체가 염두에 없었다.

그런 그가 생각을 바꾼 것은 바로 구음지마의 내공을 봉쇄한 혈도를 풀어 주면서였다.

순간적인 접촉에 불과했으나, 그의 손과 결합된 혹은 봉인된 천마검이 동요하며 존재감을 알렸다.

마치 굶주린 야수의 식탐처럼 구음지마를 보고 군침을 흘리는 것 같은 느낌이었다.

그래서였다.

설무백은 문득 자신이 여태껏 마교의 일각으로 규정한 천사교의 무리에게 단 한 번도 천마검의 실체를 보여 준 적이 없다는 사실을 상기하게 되었다.

천마검이 스스로 발동했을 때도, 그가 진기를 유발해서 천마검을 발동시켰을 때도 여태껏 그 어떤 상대도 천마검의 실체를 볼 수 없었다.

천마검의 기운이 소위 흡성대법이라 부르는 채기법(採氣法)인 흡정흡기신공을 발휘할 때, 상대는 이미 천마검을 보거나 느낄 수 있는 상태가 아니었기 때문이다.

게다가 거기에 더해서 설무백은 전날 무왕 석정에게 들은 말들을 그저 흘려듣지 않았다.

그가 환생한 지역과 마교의 실세였다는 천마공자가 죽은 지역이 같았고, 하필이면 그 지역에는 천마공자의 씨를 밴 여자도 같이 있으며, 그들은 그 지역을 벗어나지 못하고 죽었다.

그리고 공교롭게도 그 지역에서 그가 환생했다.

그것도 누군가의 몸에서 출산했을 때부터가 아니라 오롯이 혼자인 상태로 깨어난 것이 그가 가진 기억의 전부였다.

죽었다가 깨어나니 아기의 상태였던 것이다.

전에는 그 자체에, 즉 환생이라는 것이 워낙 어처구니가 없는 일이라 다른 부분에 대해서는 따져 볼 생각을 하지 못했다.

따져 볼 생각은커녕 내내 전혀 신경도 쓰지 않은 채 까맣게 잊고 살았다.

당시 그를 찾아냈던 왕인의 말과 의부 설인보의 부연을 전적으로 믿고 자신은 동방 상인이나 그들을 보호하던 싸울아비의 후손일 것이라고 단정해 버린 것이다.

그런데 무왕 석정으로 인해 그의 생각이 달라졌다.

석정은 그에게 전혀 다른 측면의 얘기로 그날의 상황을 선명하게 일깨워 주었고, 그것으로 인해 그 역시 전혀 새로운 시각으로 그날의 일을 보게 되었다.

그날의 상황은 아무런 인과 관계가 없이 뜻하지 않게 일어난 일이 너무나도 중첩되어 있었다.

우연이 겹치면 필연이라는 말을 굳이 가져다 붙이지 않아도 다시 생각해 봐야 할 여지는 충분했다.

그리고 그 중첩된 우연의 중심에는 한 사람, 천마공자가 있었고, 석정이 그를 천마공자와 연결시킨 것은 바로 그가 우연찮게 얻어서 한손에 봉인한 천마검의 기운이었다.

설무백이 구음지마에게 천마검을 드러낸 결정적인 계기가 바로 그것이었는데, 과연 그의 예상은 틀리지 않았다.

처음으로 천마검의 실체를 마주한 구음지마가 그의 기대에 부응하듯 그에게 이번 상황을 조장하도록 강요한 인물인 천마공자를 언급한 것이다.

"왜? 어째서?"

설무백은 애써 차분하게 마음을 다잡으며 물었다.

"이걸 보고 천마공자를 떠올린 거냐?"

구음지마는 대답하지 않았다.

대답할 수 있는 상태가 아니었다. 그는 설무백의 말을 듣고 있지 않았다.

극도의 혼란에 빠진 사람이 그렇듯, 그는 초점이 흐려진 눈빛으로 절레절레 고개를 흔들며 같은 말만 반복하고 있었다.

"……그럴 리가 없는데……? 그럴 리가 없는데……?"

설무백은 절로 눈을 부라리며 구음지마의 멱살을 움켜잡았다.

"뭐가 그럴 리가 없다는 거지? 경고하는데, 이게 네가 편히 죽을 수 있는 마지막 기회다!"

죽음이라는 공포가 구음지마의 정신을 일깨운 것 같았다.

어렵사리 초점을 바로잡은 눈빛으로 설무백의 시선을 마주한 그가 힘겨운 어조로 대답했다.

"천마령은 우리가 마교총단의 명령 아래 백 년이 넘는 시간에 걸쳐 중원 대륙을 뒤진 끝에 찾아낸 사대호교지보 중 하나고, 오직 대종사의 피를 이어받은 직계 중에서도 장자인 천마공자에게 전해지는 신물이오."

"이게 천마령이라고?"

설무백은 다른 무엇보다도 천마검이라고 알고 있던 마물을 천마령이라고 하는 구음지마의 말에 당황해서 물었다.

"천마검이 아니고?"

구음지마가 단호하게 대답했다.

"천마검은 오직 대종사만이 가질 수 있는 신물이오. 비록 오래전에, 그것도 먼발치에서 한 번 본 것이긴 하나, 틀림없소. 그건 천마공자의 신물인 천마령이오."

너무나도 놀라운 상황에 직면해서일까?

아니면 어쩌면 설무백이 천마검으로 알고 있던 천마령을 보고 나서 이제 더는 굳이 아무것도 감출 이유가 없다고 생각해서일지도 모른다.

구음지마는 앞서 극구 입에 담지 않으려고 애쓰던 마교에 대한 얘기를 아무런 거리낌 없이 술술 뱉어 내고 있었다.

설무백은 거기에 편승해서 지체 없이 물었다.

"아무리 그래도 그렇지, 사실이 그렇다면 당신은 천마공자의 얼굴도 봤다는 건데, 어째서 생판 모르는 나를 천마공자라고 오인한 거지?"

구음지마가 곤혹스러운 표정으로 대답했다.

"천마령이 천마공자에게 전해지는 신물이라는 것에는, 오직 대종사의 직계만이 천마령을 소유할 수 있다는 의미도 내포하고 있는 거요. 천마령은 영력을 가진 마물로 대종사의 직계가 아니라면 결코 인정하지 않을 것이기 때문이오. 게다가 당대 천마공자께서는 이십여 년 전에 실종된 터라……."

문득 말꼬리를 흐린 그는 잡념을 털어 내듯 스스로 고개를 흔들고는 재우쳐 물었다.

"대체 어떻게 당신이 천마령을 가지고 있는 거요? 천마령은 마교총단의 역대 장로들조차 감당할 수 없는 영력을 가진 마물이고, 절대 내공으로 억제할 수 있는 것이 아닌데, 대체 어떻게 당신이……?"

설무백은 경악하는 구음지마의 반응을 보고 있자니 석정에게 들은 말들이 한층 더 무겁게 다가왔다.

그는 불쑥 물었다.

"내가 천마공자의 핏줄이라면 어떨 것 같나?"

삼음신마의 눈이 더 할 수 없이 크게 부릅떠졌다.

그 상태로, 그는 귀신에 홀린 것처럼 설무백을 바라보았다.

"저, 저, 정말……이십니까?"

설무백은 경악 속에서 반색하는 구음지마의 모습을 보자 뭐라고 형용할 수 없는 감정이 치밀어 올랐다.

인정할 수도 없고, 인정하지 않을 수도 없는 혼란과 혼돈의 늪에 빠져 버린 기분이었다.

그 바람에 그는 몰랐다.

구음지마도 그와 같은 혼란과 혼돈의 늪에 빠졌고, 그걸 확인하고 싶은 나머지 마치 무언가에 홀린 듯 손을 내밀어서 그가 형상화시킨 천마검을 아니, 천마령을 잡아가고 있었다.

순간, 천마령의 기운이 삽시간에 구음지마의 손으로 침습해 들어갔다. 그리고 흡정흡기신공이 발동했다.

"아……!"

구음지마의 입에서 환희와 절망이 혼합된 탄성이 흘러나왔다.

동시에 그의 두 눈에 담긴 생명의 불꽃이 빠르게 사그라지기 시작했다.

설무백은 뒤늦게 구음지마를 떨쳐 내려 했으나, 이미 늦어 버렸다.

천마령의 기운이 벌써 구음지마의 사지백해로 침습해 들어간 상태라 강제로 떨쳐 낸다면 전신이 천참만륙(千斬萬戮)되는 잔인한 죽음을 맞이할 터였다.

그걸 깨달은 설무백의 가슴에 어쩔 수 없는 만감이 교차되는 그 순간, 빠르게 흐르는 시간을 맞이한 것처럼 급격히 시들어 가던 구음지마가 애써 입을 벌려서 말을 더듬었다.

"마, 마교총단의 저, 전대 단주인 도, 독수신옹(毒手神翁) 노야를…… 처, 천마공자의 최측근인 그, 그분만이 지, 지난 천마공자의 시, 실종에 관해서 무언가…… 부디……!"

구음지마는 하던 얘기를 미처 다 끝맺지 못한 상태로 빠르게 쪼그라들어서 이내 목내이(木乃伊 : 미라)처럼 앙상하게 말라 버렸다.

천마령의 기운이 그제야 배부른 포식자처럼 스스로 구음지마의 몸을 벗어나서 설무백의 손으로 회수되었다.

설무백은 본의 아니게 포만감에 차오른 천마령의 기운을 음미하며 한참 동안 그대로 가만히 서 있었다.

자신의 환생이 마교의 씨에 덧씌워진 잉태일 수도 있다는 생각이 들자, 뭐라고 형용할 수 없이 묘한 감정이 들었다.

가지고 있는 하얀 도화지에 누군가 시커먼 먹물을 제멋대로 마구 뿌려 버린 기분이랄까?

"인생 참 재밌게 돌아가네."

설무백은 애써 냉정한 태도, 보다 더 객관적인 시선으로 작금의 상황을 바라보는 것으로 감정을 정리했다.

그리고 내공을 끌어 올려서 목내이처럼 말라 버린 구음지마의 육체를 쥐고 있는 손에 산매진화를 일으켰다.

겨우 한줌 무게로 그의 손에 들려 있던 구음지마의 육체는 한순간 확 하고 일어난 강렬한 불길에 타올랐고, 이내 재로 변해서 흩날렸다.

그는 가벼운 심호흡과 함께 손을 털며 밖으로 나가면서 말했다.

"다른 사람에겐 비밀인 거 알지?"

약간의 여유를 두었다가 요미의 목소리가 들려왔다.

모든 사람이 다 밖으로 나갔으나, 그녀만은 여전히 그의 그림자 속에 웅크리고 있었던 것이다.

"언제까지?"

"내가 허락할 때까지. 어쩌면 영원히 허락하지 않을 수도 있고."

"……알았어!"

설무백은 사뭇 단호한 요미의 목소리를 듣고 절로 나온 미소를 애써 감추며 서둘러 밖으로 나섰다.

무향각의 밖에는 앞서 안에 있던 사람들이 전부 다 빠짐없이 기다리고 있었다.

여기저기 산만하게 흩어져 있던 그들 모두가 밖으로 나선 설무백을 향해 우르르 몰려들었다.

설무백은 그들 중에 섞이지 않고 무향각의 입구 한쪽에 서 있던 소우를 찾아서 바라보며 말했다.

"정리해."

"옙!"

소우가 두말없이 대답하며 무향각으로 들어갔다.

소우가 따로 묻지 않는 것처럼 설무백이 따로 설명해 주지 않는 것도 서로에 대한 신뢰였다.

소우가 그를 무조건 믿고 따르는 것처럼, 그도 소우를 믿고 있었다.

소우라면 어떤 식의 죽음이라도 능히 알아볼 수 있을 것이라는 믿음이 그에게는 있는 것이다.

설무백은 그렇게 무향각을 등지고 돌아섰다.

장내의 모두가 눈치를 보며 어물어물하는 가운데, 눈치 빠른 제갈명이 재빨리 그의 곁으로 붙었다.

"제향각(制香閣)으로 가실 거죠?"

설무백은 발길을 서두르며 고개를 끄덕였다.

"그래야지."

눈치를 보고 움직이느라 어영부영하고 있던 사람들 모두가 그제야 잰걸음으로 설무백의 뒤를 따랐다.

검영이나 석정, 태양신마 등 일부를 제외한 풍잔의 요인들 모두가 이제야 알겠다는 표정이었다.

풍잔의 식구라면 제향각을 모르지 않기 때문이다.

제향각은 무향각처럼 풍잔이 특별한 목적으로 은밀한 심처에 마련한 몇몇 비밀 장소 중 하나였다.

그리고 무향각의 관리자가 소우인 것처럼 제향각 역시도 별도의 관리자가 정해져 있었는데, 그는 바로 과거 모산파의 파문 제자인 활강시 무종의 손자, 무일이었다.

그렇다.

무향각이 적을 신문하기 위한 소우의 취조실이라면 제향각은 강시를 연구하기 위한 무일의 연구실인 것이다.

다만 오늘의 제향각에는 무일 혼자만 있지 않았다.

마치 운명의 장난처럼 설무백에게 오늘 오만 가지 번민을 안겨 준 기물을 건네준 사람이, 바로 지난날 천마검을 아니, 구음지마의 말에 따르면 천마령을 건네주었던 손지량이 함께 있었다.

"네가 왜 여기에 있어?"

설무백은 갑작스러운 그와 요인들의 방문에 놀란 듯 당황한 듯 급히 구석으로 물러나는 손지량을 향해 미간을 찌푸리며 물었다.

찌푸린 미간만큼이나 퉁명스러운 목소리였다.

그럴 수밖에 없는 것이, 그는 지난날 손자량의 영민함을 높이 평가해서 풍잔을 이끌어 가는 책사로 키우려고 제갈명에게 붙여 주었다.

하지만 아무래도 그의 기대가 너무 컸던 것 같았다.

제갈명의 말에 따르면 처음에는 좀 따르는가 싶었으나, 점점 그의 지시를 거스르며 삐딱하게 나가더니 최근에는 술독에 빠져 이리 뺀질, 저리 뺀질, 도통 말을 듣지 않는다고 했다.

그러니 손지량에 대한 그의 인상이 좋을 수가 없었다.

설무백이 아는 제갈명은 틈만 나면 잘난 척을 해 대며 막무가내로 이것저것 떠벌리는 수다쟁이 할멈처럼 굴어도 어지간해서는 남을 비하하거나 욕은 하지 않는 사람이었기에 더욱 그랬다.

그랬는데!

"아, 그게, 그러니까, 저는 어쩌다 보니 잠시 짬이 나서 그냥 왔는데, 무일이 흥미로운 시험을 하고 있기에 신기해서 구경을 하고 있었다는⋯⋯!"

설무백은 필요 이상으로 크게 당황한 기색으로 변명하는 손지량을 보며 무언가 예사롭지 않은 느낌을 받았다.

단순히 무언가를 감추려는 태도만이 아니라, 전에는 전혀 느낄 수 없었던 기운이 손지량에게서 풍겼다.

그리고 그것은 묘하게도 전부터 무일이 풍기는 기운과 흡사한 아니, 거의 일치하는 기감이었다.

"······!"

설무백은 순간적으로 손을 내밀어서 손지량의 손목을 움켜
잡았다.

손지량은 그저 움찔했다.

그로서는 뻔히 보면서도 전혀 피할 수 없는 손 속이었던 것
인데, 그래도 본능적으로 방어하려는 의지마저 없을 수는 없
었다.

설무백은 그 바람에 보았고, 새삼 느꼈다.

그가 잡은 손지량의 팔뚝과 손이 거무튀튀한 철색(鐵色)을 띠
고 있었고, 손을 더 나아가서 육체를 그렇게 변화할 수 있도록
해 주는 기공에 대해 그는 익히 잘 알고 있었다.

바로 고루마공이었다.

손지량은 작금의 천하에서 오직 활강시 무종의 손자인 무일
만이 알고 있는 고루마공을 익히고 있는 것이다.

"놀고만 있었던 게 아니네?"

손지량의 얼굴이 곤혹스럽게 일그러졌다.

감추려고 했던 비밀이 들켜 버렸음을 인정하는 모습이었다.

"그, 그게, 그러니까······!"

"나중에 얘기하자."

설무백은 급히 변명하려는 손지량의 말을 끊으며 슬쩍 무일
에게 시선을 던졌다.

"너도."

무일이 멋쩍은 표정으로 고개를 끄덕이며 주변의 눈치를 보았다.

설무백도 그에 아랑곳하지 않고 아무렇지도 않게 잡고 있던 손지량의 손목을 놓아주며 물러났다.

장내에는 이미 그를 따라서 안으로 들어선 사람이 적지 않았고, 그들 대부분은 어지간한 무공도 첫눈에 알아볼 수 있는 눈을 가진 고수들인지라 손지량의 고루마공을 보았거나 느꼈을 터였다.

그러나 설무백은 신경 쓰지 않았다.

이건 어차피 알려질 문제일 뿐만 아니라, 장내의 인물들 중에 풍잔의 비밀을 알아서 문제가 될 사람은 하나도 없었다.

다만 한 사람, 제갈명은 대번에 매섭게 돌변한 눈초리로 손지량을 노려보고 있었다.

자리가 자리인지라 애써 참고 있지만, 그간 손지량이 자신을 속이고 있었다는 사실을 깨닫고 잔뜩 화가 난 것이다.

설무백은 그런 제갈명에게 눈총을 주었다.

"네가 지금 화낼 처지냐? 명색이 군사란 것이 어린 동생 하나 제대로 건사하지 못한 주제에?"

"아니, 그게 아니라……!"

"그게 아니긴 뭐가 그게 아냐!"

억울하다는 듯 나서는 제갈명의 뒷덜미를 강하게 움켜잡는 손 하나가 있었다.

어지간해서는 절대 기가 꺾이지 않는 제갈명에게 그나마 취약과도 같은 환사의 손이었다.

"국으로 입 닥치고 가만히 있어라! 한마디만 더 하면 아주 그냥……! 말 안 해도 알지?"

제갈명이 잔뜩 심통이 난 얼굴일망정 두말없이 함구했다.

설무백은 그저 웃고는 이내 본래의 목적을 상기하며 무일을 향해 물었다.

"그래, 뭐 좀 밝혀냈어?"

무일이 예전과 달리 분위기에 휩쓸리지 않고 냉정한 모습으로 나섰다.

"확인해 보니, 금강시의 범주를 벗어난 놈들입니다. 그렇다고 천강시 정도까지는 아닌데, 아마도 모종의 주술과 대법을 거쳐서 새로운 개념의 강시를 만들려다가 나온 변종이 아닌가 싶습니다."

그는 설명을 하면서 작은 등록으로 인해 어두컴컴한 실내의 안쪽 벽면에 선반처럼 붙박이로 설치된 탁자로 이동했다.

탁자에는 상체는 시커멓게 타고 하체는 부러진 무릎과 정강이뼈가 튀어나온 끔찍한 모습의 시체 하나가 눕혀져 있었다.

바로 죽은 아니, 동작이 멈춘 흑포강시였다.

그는 손에 들고 있던 송곳보다 조금 큰 쇠꼬챙이로 흑포강시의 요소요소를 힘주어 쿡쿡 찌르며 설명을 이어 나갔다.

"아시는 분이 있을지 모르겠지만, 이건 강호 무림에서 십대

천왕천의
주인

기문병기(十大奇門兵器)와 쌍벽을 이룬다고 알려진 십대흉기(十大凶器)의 하나인 귀왕자(鬼王刺)인데, 보다시피 이 정도로는 피부에 흔적도 남지 않습니다. 제가 나름 내력을 사용해도……!"

그는 한순간 수중의 귀왕자를 높이 들었다가 힘껏 내려서 탁자에 똑바로 눕혀진 흑포강시의 복부를 찔렀다.

칵-!

마치 쇠꼬챙이로 단단한 바위를 긁는 것 같은 소리가 났다.

귀왕자가 흑포강시의 복부에 꽂히지 못하고 삐끗 옆으로 미끄러지는 바람에 일어난 소음이었다.

"보다시피 이렇습니다. 금강시도 이 정도면 찍은 흔적이 남을 텐데, 이놈은 아닙니다. 흔적 하나 없이 반들반들 합니다. 그야말로 역천의 수법으로 만들어진 강시입니다."

설무백은 구음지마가 해 준 말이 떠올라서 말해 주었다.

"하긴, 그놈을 역천강시라고 하더군."

무일이 관심을 보이며 물었다.

"그럼 혹시 이놈과 달리 자아를 습득한 강시도 있다고 하든가요? 이런 놈이 생각을 가지고 움직이면 정말 엄청난 일이거든요."

"그런 얘기는 듣지 못했지만……."

설무백은 재우쳐 자신의 생각을 밝혔다.

"아마 있을 거야. 이놈을 불량품이라고 했거든."

"불량품요? 아!"

무일이 고개를 갸웃하다가 이내 이해하고는 탄성을 흘리며 말했다.

"불량품이 있다는 건 완성품도 있다는 소리죠! 그럼 정말 큰일이네요! 그저 명령을 받으며 생존 본능에 따라 움직이는 것과 조금이라도 생각을 가지고 움직이는 강시의 수준은 정말 천양지차입니다! 생각을 가지고 움직인다는 것은 무공도 배울 수 있다는 의미거든요."

설무백은 무일의 걱정을 모르는 바가 아니지만, 지금으로서는 마땅한 대안이 없다는 사실도 충분히 인지했다.

"나도 나지만, 다들 여독에 지쳤으니, 오늘 일은 이 정도로 정리하고 나머지는 내일하지."

자리를 끝내려는 것이었다.

검노가 동의하며 말했다.

"그러시죠. 먼 길을 오셨는데, 숨 한 번 제대로 돌리시지도 못하고 너무 고생이 많으셨습니다. 새벽잠이라도 잠시 눈 좀 붙이십시오."

제갈명이 물었다.

"이쪽 분들이야 거처를 마련해 드리면 될 테지만, 저쪽 친구는 어떻게 처리하는 것이 좋을지 결정해 주십시오."

이쪽 분들은 스스로 철각사라고 이름을 바꾼 석정을 위시해서 검영과 태양신마 등이었고, 저쪽 친구는 바로 백마사의 주지인 금안혈승이었다.

설무백은 대답 대신 금안혈승에게 시선을 던지며 물었다.

"선택해. 어떻게 해 줄까?"

금안혈승이 잠시 뜸을 들이다가 대답했다.

"가능하다면 손님이 되고 싶소."

설무백은 대수롭지 않게 승낙했다.

"그러지."

그리고 덧붙여 조건을 달았다.

"대신 그 잘난 얼굴부터 까. 낯짝도 안 보이고 원하는 것을 요구하는 건 너무 성의가 없잖아."

황달에 걸린 것처럼 누런 금안혈승의 두 눈에 붉은 기운이 서렸다. 분노였다.

그를 아는 사람이라면 이해할 수 있는 반응이었다.

붕대에 가려진 그의 민낯을 아는 사람은 이 세상에 한 사람도 없었다.

피를 나눈 형제들이나 다름없다는 오대살승조차도 그의 민낯만큼은 보지 못했다.

그의 민낯을 본 사람은 전부 다 그의 손에 죽었고, 작금의 강호 무림에 그걸 모르는 무인은 존재하지 않았다.

결국 지금 설무백의 제안은 차라리 도발과 다름없었던 것이다.

공야무륵이 금안혈승의 살기에 반응해서 설무백의 곁으로 나섰다.

장내의 있는 모두가 이미 금안혈승의 일거수일투족을 예의 주시하며 경계하고 있으나, 그는 언제나 생각보다 몸이 먼저 반응하는 사람인 것이다.

설무백은 그것을 익히 잘 알고 있었기에 그저 슬쩍 손을 드는 것으로 공야무륵이 너무 앞서가지 않도록 제지했다.

그때 금안혈승이 최후통첩처럼 물었다.

"진심이오?"

"진심이지 않고."

설무백은 대수롭지 않게 주변을 둘러보며 잘라 말했다.

"지금 여기 누가 당신처럼 가면으로 얼굴을 가리고 있나?"

금안혈승이 잠시 가타부타 대답하지 않고 설무백의 시선을 마주했다.

불안하게 흔들리는 그의 눈동자가 뇌리를 스치는 오만 가지 생각을 대변하고 있었는데, 그런 그의 이마에는 굵은 땀방울이 송골송골 맺히고 있었다.

그는 그저 시선을 마주하고 있는 것만으로도 설무백의 신위에, 그 종잡을 수 없는 위엄에 압도되어 버리는 것이다.

이윽고.

"알았소! 벗으면 될 거 아니오, 가면!"

금안혈승은 버럭 화를 내듯 외치고는 자신의 얼굴을 친친 감고 있는 천을 빠르게 풀어 헤쳤다.

그렇게 드러난 그의 얼굴은 참으로 기괴했다.

미간과 콧등, 인중을 가르며 절반은 녹슨 쇠처럼 거무튀튀했고, 나머지 절반은 상대적으로 밝아서 희뿌연 밀가루 반죽처럼 보였다.

얼굴이 절반은 흑반점(黑斑點)점이고, 나머지 절반은 백반점(白斑點)인 것이다.

실로 타고난 기형, 그래서인지 마치 죽은 사람처럼 얼굴에 아무런 표정이 없는 것 같아서 그저 보는 것만으로도 위험과 두려움을 자아내는 얼굴이었다.

설무백은 그 얼굴을 보자마자 픽 웃으며 물었다.

"백마사의 주지로는 그 얼굴이 더 어울릴 것 같은데, 왜 쓸데없이 천으로 얼굴을 가린 거야?"

금안혈승이 지금 이 말을 대체 어떻게 받아들여야 할지 모르겠다는 듯 오만상을 찡그렸다.

그 상태로, 그는 심각하게 말했다.

"나는 농담이 안 통하는 얼굴이오."

"그런 것 같군."

설무백은 선뜻 인정하고는 제갈명을 향해 말했다.

"거처를 마련해 줘. 이 사람 식구들도 다같이."

제갈명이 난감한 기색으로 되물었다.

"제가요?"

설무백은 대답 대신 제갈명을 외면하고 뒤쪽으로 시선을 돌리며 말했다.

"잔월 노야가 도와줘."

늘 그렇듯 후방으로 물러나서 있는 듯 없는 듯 벽에 등을 기대고 서 있던 장발의 잔월이 대답했다.

"그러지요."

설무백은 그제야 새삼스러운 눈초리로 제갈명을 바라보았다.

제갈명이 언제 난감한 기색이었냐는 듯 밝게 웃는 낯으로 공수하며 먼저 말했다.

"예, 알겠습니다. 제가 하지요."

설무백은 절로 뭐라고 할 말이 없다는 표정이 되어 버렸다. 제갈명이 그런 그를 보며 천연덕스럽게 웃으며 말했다.

"어서 쉬셔야죠?"

설무백은 어쩔 수 없이 제갈명을 외면하고 짝짝 손뼉을 쳐서 주위를 환기하며 자리를 끝냈다.

"자, 그럼 오늘은 이만!"

그리고 무일과 손지량에게 시선을 주었다.

"너희 둘은 나를 따라오고!"


설무백이 무일과 손지량을 거처로 데려온 것은 따로 자리를 마련한다는 의미보다는 자리를 옮겨서 사람들을 떨쳐 내려는 의도가 더 컸다.

그 자리에서 대화를 나눠도 무방했으나, 그랬다가는 오늘 일어난 일들의 연장이 되어 버려서 그 자리에 있던 사람들이 그대로 남았을 텐데, 그는 그게 싫었다.

그들의 문제는 모두가 알아도 별반 상관이 없긴 해도, 그리 부산을 떨며 모두에게 알릴 필요 또한 없는 사안이라는 생각이었다.

다만 자리를 옮겼다고 해서 그들만의 단출한 자리가 되지는 않았다.

언제나처럼 공야무륵을 위시한 요미와 혈영 등이 그만 돌아가 쉬라는 설무백의 지시가 무색하게 돌아가지 않았고, 아직 할 얘기가 남았다며 제갈명이, 따로 의논할 것이 있다며 대력귀와 사문지현이 따라왔으며, 애초부터 그의 거처에서 기다리고 있던 사람들도 있었다.

어째 안 보인다 했던 오독문의 독후 이이아스와 제자 정기룡이 바로 그들이었다.

"인사는 드려야겠는데, 거긴 아직 제가 낄 자리가 아닌 것 같고 해서……."

"바쁘실 것 같아서 나중에 조용히 인사드리려고……."

두 사람의 변명 아닌 변명이었다.

설무백은 내심 의외로 세심한 이이아스와 어린 나이답지 않게 조숙한 정기룡의 성정에 만족했다.

그리고 이내 무일과 손지량을 번갈아 보며 한마디 질문을 던지는 것으로 대화를 시작했다.

"누가 설명할래?"

손지량이 나섰다.

"제가 하지요."

설무백은 승낙의 의미로 손지량에게 시선을 고정했다.

손지량이 시종일관 자신을 매섭게 노려보고 있는 제갈명의 시선을 힐끗 보며 말문을 열었다.

"주군께서 저를 제갈 군사의 곁에 두려고 한 이유는 잘 알겠습니다. 하지만 저는 이것저것 따지고 계산하는 것보다 직접 몸으로 부딪치며 사는 게 좋습니다. 복수를 해도 다른 사람의 손을 빌리는 것보다 내 손에 든 칼로 직접 찌르고 싶고요."

설무백은 얼추 돌아간 상황을 짐작하며 물었다.

"제갈 군사에게 그런 네 생각을 전했냐?"

손지량이 대답했다.

"전했습니다만, 통하지 않았습니다."

"통하지 않았다니? 그게 무슨 뜻이야?"

"제 생각이 틀렸다고…… 주군이 제게서 본 것은 문사로서의 자질이지 무인으로서의 자질이 아니라고, 그러니 주군의 의견에 따르라고 했습니다."

"몇 번이나 말했는데?"

"서너 번 정도로 기억합니다만, 사실 상대방의 마음이 어떻다는 것은 한 번으로 족히 알 수 있습니다. 변할 마음이 아니었습니다. 제게 그 정도 분별력은 있다고 생각합니다."

천외천의
주인

설무백은 슬쩍 제갈명을 보았다.

제갈명의 얼굴이 곤혹스러운 눈빛 아래 일그러졌다.

그런 일이 있었고, 손지량의 말마따나 전혀 고려할 생각이
없었다는 방증이었다.

"저는 다만……!"

"알아."

설무백은 대수롭지 않게 제갈명의 말을 잘랐다.

변명을 듣기 싫어서가 아니라, 손지량의 마음을 알 수 있듯
제갈명의 마음 또한 모르지 않았기 때문이다.

지금의 제갈명은 그의 말이라면 무조건 믿고 따른다.

따라서 이미 설무백의 지시를 받은 제갈명에게 있어 손지
량의 생각 따위는 전혀 중요하지 않을 터였다.

하지만 설무백의 말이라고 해서 절대적으로 옳은 것은 아
니었다.

무일의 경우만 해도 그랬다.

설무백은 애초에 무일의 명석한 두뇌를 알아보고 제갈명처
럼 곁에 두고 문사로 쓰려고 했으나, 결과적으로 오판이었다.

무일이 그의 생각과 달리 명석하지 않다는 것이 아니라, 명
석하나 머리를 쓰는 방향이 제갈명과 달라서 그랬다. 그리고
그것이 지금 무일이 제향각에 처박혀 사는 이유였다.

사람의 진가를 알려면 오랜 시간 겪어 봐야 한다는 말처럼
손지량도 무일의 경우와 마찬가지로 설무백의 판단과 달랐던

것이다.

"그래서 남몰래 고루마공을 익히게 된 계기는?"

"먼저 풍 호법을 찾아갔었습니다. 한데, 무공을 배우고 싶다는 말을 꺼내기 무섭게 돌아온 대답이 '까불래?'였습니다."

"풍 호법이 왜 그런 말을 했는지는 알지?"

"압니다. 풍 호법께서도 주군의 뜻을 저버리는 제가 마뜩찮게 보이셨겠죠. 게다가 주군께 먼저 밝히지 않는 것도 거슬렸을 테고요. 그래서 원래 풍 호법이 거절하면 예 호법을 찾아갈 생각이었는데, 그냥 포기했습니다."

"사정을 그리 잘 알면서 왜 내게 먼저 말하지 않은 이유가 뭐야?"

"그게, 제가 그쪽보다 이쪽이, 그러니까 머리보다 몸을 쓰는 게 더 낫다는 증거를 먼저 보여 드려야 할 것 같아서……."

설무백은 한심하다는 눈빛으로 바라보며 끌끌 혀를 찼다.

"확실히 네가 몸보다 머리 쓰는 게 모자라긴 하나 보다. 고작 그 정도 생각밖에 못한 것을 보니."

손지량이 붉어진 얼굴로 넙죽 고개를 숙였다.

"죄, 죄송합니다!"

설무백은 손을 내저으며 물었다.

"그보다 무일에게는 네가 부탁한 거야?"

"저기……!"

무일이 폐쇄적이고 고지식하게 살아온 성격을 드러내듯 한

손 번쩍 들고 나서며 말했다.

"그거 제가 말씀드려도 될까요?"

"말해 봐."

설무백의 승낙이 떨어지자 무일이 전에 없이 적극적으로 나서서 설명했다.

"따로 필요한 물건이 있어서 저잣거리에 나갔다가 우연찮게 손지량, 저 녀석을 만났는데, 영 풀이 죽어 있더라고요. 그래서 내친김에 같이 밥을 먹으며 이 얘기 저 얘기 하다가 저 녀석이 예전의 저와 같은 처지라는 것을 알게 됐습니다. 그래서 제가 고루마공을 한번 배워 보겠냐고 제안했고, 녀석이 승낙하면서 시작된 겁니다."

설무백은 사뭇 냉정한 눈초리로 무일을 직시하며 물었다.

"고루마공은 네게 단순히 가전 무공 이상으로 깊은 내력을 가진 무공이다. 그런데도 괜찮다는 거냐?"

무일이 대수롭지 않게 대답했다.

"그런 게 무슨 상관입니까. 저는 그런 거 상관없습니다. 안 그래도 전부터 그쪽 방면으로 저보다 뛰어난 친구를 만나면 넘겨줄 생각을 하고 있었는걸요. 단지……."

문득 말꼬리를 흐린 그는 적잖게 계면쩍은 표정으로 손지량을 일별하며 뒷머리를 긁적였다.

"솔직히 처음에는 나이도 있고 해서 과연 얼마나 배울 수 있을까 의심을 했습니다. 자랑이 아니라 고루마공이 얼마나 심오한 무공인지 정도는 저도 익히 잘 알고 있으니까요. 그래서 가르쳐 주면서도 별반 기대를 안 했는데, 아까 보셨죠?"

그는 정말 놀랍고 대견하다는 듯 손지량을 쳐다보며 활짝 웃었다.

"저 녀석, 벌써 저와 비등한 경지까지 따라왔습니다. 고루마공에 입문한 지 불과 일 년 남짓밖에 안 되는데 말입니다. 저 녀석 저거 그쪽 방면으로는 아주 천재입니다!"

손지량의 경지가 자신과 비등한 수준이라는 무일의 말에는 약간의 과장이 들어가 있었다.

설무백이 알고 있는 무일의 고루마공은 손지량보다 한두 단계 더 윗길에 있기 때문이다.

하지만 그럼에도 불구하고 설무백은 충분히 무일의 말에 공감하며 손지량의 성취를 높게 평가했다.

강호 무림의 호사가들 사이에서 명실공히 천하십대기공(天下十大氣功)의 하나로 꼽히는 고루마공을 불과 일 년 남짓한 시간 동안에 지금과 같은 경지를 이룬다는 것은 실로 아무나 할 수 없는 일이었다.

무일의 말마따나 손지량은 적어도 그쪽 방면으로는 천재가 확실한 것이다.

설무백은 묵묵히 고개를 끄덕이며 제갈명에게 시선을 주었다.

제갈명이 눈치 빠르게 인정했다.

"예예, 제 실책입니다. 인정하고 포기하겠습니다."

설무백은 픽 웃으며 고개를 저었다.

"인정만 하고, 포기는 하지 마."

"예?"

어리둥절해하는 제갈명을 외면한 설무백의 시선이 손지량에게 돌려졌다.

"심정적으로 이해는 간다. 하지만 아무리 그래도 서투른 행동이었다. 주의 깊게 찾아보면 얼마든지 다른 방법이 있었을텐데 말이다."

손지량이 깊이 고개를 숙였다.

"죄송합니다."

설무백은 사뭇 정색하며 고개를 저었다.

"내게 사과할 필요 없다. 내 실수도 있으니까. 다만 이제 풍잔에서의 네 보직도 바꿔야 한다. 나는 너를 문사가 아닌 무사로서 풍잔의 군사인 제갈명의 호위로 임명하겠다. 혹시 이의 있나?"

손지량이 대번에 울상이 되어서 물었다.

"누구 다른 분은 없을까요? 제갈 군사만 아니면 다 괜찮은데……."

"없어."

설무백은 짐짓 냉정하게 말을 자르며 제갈명을 향해 재우쳐 말했다.

"아직 신출내기라 수련 시간이 필요하니까 그건 네가 알아서 정해 줘."

제갈명이 참으로 가지고 싶었던 장난감을 손에 쥔 아이처럼 희색이 만면한 얼굴로 손지량을 바라보는 채로 고개를 끄덕이며 대답했다.

"예예, 여부가 있나요. 걱정 마십시오. 충분히 시간을 내주도록 하겠습니다. 하하하……!"

손지량의 얼굴이 그야말로 벌레를 씹은 것처럼 일그러졌다.

설무백은 자못 냉정하게 보일 정도로 무심하게 그런 손지량을 외면하며 대력귀에게 시선을 주었다.

대력귀가 말문을 열어서 화제를 바꾸었다.

"별로 중요한 얘기는 아니에요. 그저 이번에는 무슨 일이 있어도 그냥 사라지지 마시고 우리 애들 좀 봐달라고요. 주군을 신처럼 생각하며 사는 애들인데, 일 년이 다되도록 제대로 얼굴 한 번 안 보여 준다는 건 너무 심하잖아요."

설무백은 절로 계면쩍은 표정이 되었다.

"시간이 벌써 그렇게 됐나?"

대력귀가 자못 싸늘한 눈총을 주었다.

"벌써하고 하면 더 섭섭하죠. 정확히 말하면 일 년도 넘었어요. 오가며 얼굴 한 번 비춘 거 포함해서 일 년이 안 되었을 뿐이지."

"그래도 내 탓만 하면 안 되지 않나? 언제는 걸음마를 하는 애들에게 전력질주를 하는 게 더 빠르다고 가르쳐 주면 어떻게 하냐고 구박하며 오지 말라더니?"

"구차하게 핑계 대지 마세요. 그렇다고 안면 몰수하며 발길을 뚝 끊으면 어떻게 해요? 애들하고 저하고 같아요?"

설무백은 보란 듯이 쌍심지를 곧추세운 대력귀를 보자, 멋쩍게 입맛을 다시며 함구했다.

이대로 수긍하고 물러나지 않으면 한없이 얘기가 이어지게 될 것 같아서 다른 도리가 없었다.

"알았어. 이번엔 어디 나갈 일 없으니 자주 찾아가 보도록 하지."

"약속했어요."

대력귀가 거듭 강조하며 이제 자신의 용무는 더 이상 없다는 듯 자리를 털고 일어나서 밖으로 나섰다.

설무백은 그녀의 담백한 태도에 절로 미소를 짓다가 이내 그녀와 붙어서 앉아 있던 사문지현에게 시선을 주었다.

사문지현이 아차 하는 표정으로 자리를 박차고 일어나서 후다닥 대력귀의 뒤를 따라가며 말했다.

"죄송, 저는 그냥 아까 회의에 참석하지 못해서 제대로 못 본 주군 얼굴이나 한 번 더 보려고 온 거니까, 신경 쓰지 말고 어서 볼일 보세요."

"……"

설무백이 멋쩍게 입맛을 다시는데, 그의 발끝에 붙은 흐린 그림자 속에서 뾰족한 요미의 목소리가 흘러나왔다.

"이젠 아주 대놓고 여우 짓을 하네!"

설무백은 한숨과 함께 손을 내젓는 것으로 요미의 태도를 무시하며 정기룡에게 시선을 주었다.

"그냥 인사나 하자고 이 시간에 찾아온 것은 아닐 테고, 뭐야, 할 얘기가?"

정기룡이 어색한 미소를 흘리며 대답했다.

"얼마 전부터 쌍노야와 잔월 노야의 지도를 받고 있습니다. 저만 아니라 양위보, 양위명 형제도 함께 받고 있는데, 아무래도 사부님께는 알려야 할 것 같아서요."

설무백은 가볍게 웃는 낯으로 정기룡의 어깨를 두드리며 말했다.

"너는 내 유일한 제자다, 아직까지는. 그러니까, 다른 누구에게도 절대 뒤져선 안 된다. 최소한 동등하게. 알겠지?"

정기룡이 힘주어 대답했다.

"옙! 알겠습니다!"

설무백은 기분 좋게 웃으며 정기룡의 머리카락을 흐트러려 놓고는 아직 용무가 남은 마지막 한 사람, 제갈명에게 시선을 주며 물었다.

"이 시간에 꼭 해야 하는 보고가 뭐야?"

제갈명이 웃는 낯으로 의미심장하게 대답했다.

"그런 게 어디에 있겠습니까. 있어도 내일하면 되죠. 저는 다만 다른 누구보다도 지금 이 자리에 끼었어야 마땅할 검노와 쌍노야, 예 호법, 풍 호법 등이 왜 빠졌는지를 주군께 알려 드리려 왔을 뿐입니다. 그러니까……!"

"하여간 노인네들 참……!"

설무백은 더 이상의 설명을 듣지 않고도 바로 감을 잡을 수 있었다.

돌이켜 보면 왜 그걸 간과하고 있었는지 이상할 정도였다.

그러나 그게 다였다.

굳이 그가 나설 필요는 없었다.

어쩌면 필요한 일일지도 몰랐다.

제갈명이 그런 그를 보고 이상하다는 투로 물었다.

"안 가 보세요?"

설무백은 대수롭지 않게 반문했다.

"어디로 갔어?"

"다들 도량이 크신 분들이니 풍무장으로 갔겠죠, 아마?"

재빨리 대답한 제갈명은 벌써 자리에서 일어나고 있었다.

당연히 설무백이 갈 것이라고 생각한 것이다.

설무백은 그냥 앉은 채로 태연하게 말했다.

"곧 날도 밝을 텐데, 오래 끌진 않겠지."

"일이 커질 수도 있습니다."

"커지라면 커지라지. 애들도 아니고, 알아서 처리하게 그냥 내버려 둬."

설무백은 대수롭지 않게 말을 자르며 모두에게 축객령을
내렸다.

　"그보다 이제 그만 다들 가라. 나도 좀 쉬자."

천외천의
주인

대도무문大道無門 (10)

제갈명의 예상은 정확했다.

다만 풍무장에는 검노와 쌍노, 예충, 풍사만이 아니라 반천오객의 남은 셋인 일견도인, 무진행자, 묵면화상, 그리고 융사와 사사무, 철마립, 화사를 위시해서 천타를 비롯한 광풍대의 상위 서열 등도 같이 있었다.

당연하게도 새로운 식구들인 검영과 태양신마, 철각사라는 이름으로 자신의 본색을 숨긴 무왕 석정과 함께였다.

"무슨 텃세를 부리자는 것은 절대 아니고요."

풍잔의 식구들을 대변해서 나선 사람은 본의 아니게 풍잔의 총관직을 수행하고 있는 융사였다.

어느새 희뿌옇게 밝아 오는 여명을 등지고 검영과 태양신마, 철각사 등을 마주한 그는 실로 공손하게 사정을 밝혔다.

"그저 앞으로 함께 생활할 사람들이 어떤 사람들인지 궁금해서 마련한 자리일 뿐이니, 다른 오해는 마시기 바랍니다."

태양신마가 드넓은 풍무장을 둘러보며 말했다.

"단순히 수다나 떨자고 모인 자리는 아닌 것 같군. 그러기에는 너무 아까운 자리야."

융사가 멋쩍게 웃으며 말을 받았다.

"예, 그렇긴 합니다만, 그 역시 그저 무인들끼리 빠르게 서로를 알아보자는 생각일 뿐, 다른 의도는 없습니다."

태양신마가 어련하겠냐는 표정으로 웃었다.

굳이 거부하지 않겠다는 태도로 보였다.

하지만 다른 사람의 생각은 달랐다.

"본인은 같은 식구끼리 손을 섞고 싶지는 않소만?"

철각사, 바로 아는 사람만 아는 무왕 석정이었다.

융사가 가만히 고개를 끄덕이며 뒤에 늘어선 풍잔의 요인들을 돌아보았다.

의견을 묻는 눈초리였다.

지금의 그는 대변할 뿐, 주도하는 입장이 아닌 것이다.

"사실 나도 그렇소만……."

검노가 말하고 있었다.

"이래 봬도 이게 우리 풍잔의 식구들에겐 상당히 중요한 절차라 다른 도리가 없을 것 같소. 항상 이런 식으로 서로간의 서열과 위치를 정해서 말이오. 이미 몸에 밴 습관을 하루아침에 바꿀 수도 없는 일 아니겠소. 하물며…….”

그의 시선이 철각사와 검영을 교차했다.

“귀하들은 본색을 드러내지 않으려 하고 있소. 물론 주군께서 용인하신 까닭에 그 부분을 문제 삼고 싶지는 않지만, 이마저 건너뛰는 건 좀 곤란할 것 같소. 이해해 주시오.”

철각사가 말문이 막힌 표정으로 함구했다.

그런 그를 제치고 검영이 앞으로 나서며 말했다.

“필요한 절차라면 마땅히 거쳐야죠. 제가 먼저 할게요. 그쪽 전부를 상대하라는 소리는 아닐 테고, 누굴 상대하면 되나요?”

이건 아직 정해지지 않은 것 같았다.

검노는 물론, 누구도 선뜻 대답하지 못하며 서로서로 시선을 교환하고 있었다.

융사가 제안했다.

“주군께서 세 분 모두 호법에 준하는 대우를 하라고 말씀하셨습니다. 하니, 호법님들 중에 나서면 될 것 같네요.”

“그건 불공평하죠.”

화사였다. 그녀가 주변을 둘러보며 재우쳐 말했다.

“무슨 호법의 서열을 정하는 것도 아니고, 그저 풍잔에서 어느 정도 위치가 적당한가 보자는 건데, 굳이 상대를 호법으로만 규정할 필요는 없다고 봐요.”

철마립이 짧게 동의했다.

"저도 같은 생각입니다."

철마립은 필요한 경우가 아니면 거의 입을 열지 않는 과묵한 사내였다.

보통 그런 사내가 하는 말에는 무게가 실리며 그만큼의 효력을 발휘하는 법이다.

지금도 그랬다.

다들 수긍하는 분위기였다.

융사가 다시 제안했다.

"그럼 그냥 지금 자리하신 분들 중에 나서고 싶은 분이 나서는 것으로 결정하죠."

화사가 기다렸다는 듯이 앞으로 나섰다.

"그렇다면 저분은 제가 모시도록 하지요."

그녀는 슬쩍 융사를 쳐다보며 동의를 구하듯 덧붙였다.

"제가 이래 봬도 호법과 무사를 경계 짓는 자리에 있기도 하고, 또 같은 여자이니 적격이잖아요. 안 그래요?"

융사가 대답 대신 좌중을 둘러보고는 더 이상 나서는 사람이 없자 조용히 뒤로 물러났다.

그때 검노가 불쑥 말했다.

"그건 봉인인 거 알지?"

세 사람, 검영과 태양신마, 철각사를 제외하면 장내의 모두가 아는 말이었다.

절대 암기 비환을 두고 하는 말인 것이다.

화사가 샐쭉한 표정으로 검노를 일별하며 대꾸했다.

"제가 바보예요? 저도 피 보기는 싫다고요! 그리고……."

말고리를 흐린 그녀는 보란 듯이 늘 허리에 장식처럼 차고 다니던 한 자가량의 패도를 뽑아서 두 손으로 잡고 살짝 문질 렀다.

순간, 패도가 반으로 갈라진 것처럼 같은 크기의 검이 떨어 져 나왔다.

뱀의 몸뚱이처럼 구불구불한 서슬을 타고 요사스러운 푸른 빛이 흐르는 한 자루 사행검이었다.

"이것만으로도 충분해요."

검노가 더는 참견하지 않고 함구했다.

목숨을 내건 생사결이 아닌 이상, 야차도와 이매십검이 조 화를 이룬 화사의 좌검우도라면 충분하다고 생각하는 것이다.

다만 묵묵히 서 있던 검영은 그와 달리 화산의 태도가 매우 눈에 거슬린다는 표정으로 쏘아붙였다.

"내가 누군지는 아는 거지?"

화사가 짐짓 눈을 멀뚱거리며 대꾸했다.

"검영이라며요? 뭐 따른 신분이 더 있나요?"

기실 그녀는 지금 장내에서 검영이 검후라는 사실을 알고 있는 몇몇 사람 중의 하나였다.

다만 검영이 그렇게 불리는 것을 원치 않고 있다는 것도 알 기에 대놓고 나 몰라라 시치미를 떼는 것이었다.

검영이 화사의 말을 듣고서야 자신의 말실수를 깨달으며 어색한 미소를 흘렸다.

"이제 보니 고마운 동생이네?"

화사가 웃는 낯으로 삐딱하게 검영을 쳐다봤다.

"어머, 무슨 동생? 그러지 마요. 아직 정들고 싶은 사람은 아니니까."

검영이 더 이상 입을 열지 않으며 수중의 검을 전면에 세웠다.

서릿발처럼 예리한 기세가 그녀의 전신을 휘감고 있었다.

여자치고는 작고 가는 편인 눈이지만 눈꼬리가 살짝 아래로 쳐져서 교활해 보이는 대신에 깊고 유현한 느낌을 주는 그녀의 두 눈이 섬뜩한 귀기를 품기 시작했다.

화사가 감히 경시하지 못하겠다는 듯 수중의 좌검우도를 꽃봉오리가 피어나듯 좌우로 벌려서 수평을 만들며 기세를 드높였다.

장내가 소리 없이 들끓었다.

충분히 이해할 수 있는 반응이었다.

검영의 정체를 아는 사람은 차치하고, 그녀가 검후임을 모르는 사람들의 입장에서도 근 수백 년간 최고의 여검객으로 평가받는 검후를 배출한 남해청조각 출신의 여검객과 최근 떠오르는 신진 여고수인 귀수옥녀의 대결은 실로 초미의 관심사가 아닐 수 없었다.

장내의 모든 사람들이 주체하기 어려운 절대적인 흥미와 압도적인 호기심으로 들끓는 것이 당연한 것이다.

　그러나 그런 주변의 반응이 무색하게 정작 마주 대치한 그녀들은 더 없이 차분하게 가라앉았다.

　서로가 서로를 인정하기 시작했기 때문이다.

　검영이 보는 화사가 그렇듯 화사가 보는 검영도 완벽했다. 그래서 그녀들은 같은 생각을 했다.

　'길게 끌 싸움이 아니다!'

　그리고 누가 먼저랄 것도 없이 동시에 움직였다.

　검영이 가슴 앞에 세운 검극을 앞으로 길게 뻗어 내며 쇄도했고, 화사가 마주 달려 나가며 좌검을 하늘로 높이 쳐들고 우도를 아래로 내려서 지면에 대고 끌며 불꽃을 일으켰다.

　다음 순간, 그녀들의 발이 무겁게 땅을 차며 새처럼 날아올랐다.

　채챙-!

　두 줄기 잿빛 그림자로 변한 그녀들의 신형이 허공에서 하나로 합쳐지며 눈부신 불똥을 튀겼고, 이내 서로 어긋나듯 교차하는 것으로 자리를 바꾼 상태로 지면에 내려앉았다.

　워낙 빠른 쇄도에 이은 비상과 눈부신 격돌이라 어지간한 고수도 제대로 볼 수 없는 공방이었다.

　그러나 지금 장내에 있는 사람들은 어지간한 고수들이 아니었고, 그래서 다들 제대로 정확히 보고 승부가 났다는 것까지 알 수 있었다.

검영의 승리였다.

그녀는 전광석화처럼 한순간에 도합 열두 번이나 이어진 화사의 공격을 다 막아 내고 공방일체의 묘리에 반격을 가해서 화사를 떨쳐 냈다.

그녀가 와중에 한 번의 검격을 더 했다면 이미 첫 번째 검격을 피하느라 중심을 잃고 떨어져 나가던 화사는 여지없이 당하고 말았을 터였다.

화사는 열두 번의 공격을 다 실패했으며, 한 번의 반격을 제대로 막지 못하는 바람에 패배한 것이다.

"쳇! 졌다! 인정!"

화사가 잠시 움찔하며 검영을 노려보다가 이내 혀를 차며 수중의 패도와 사형검을 거두고 돌아섰다.

검영이 검을 거두지 않은 채로 말했다.

"괜찮다면 봉인했다는 그것도 한번 보고 싶은데?"

도발이었다.

그녀는 방금 전에 스쳐 지나간 화사의 태도에 실린 의미를 곱씹는 표정이었다.

화사가 사내처럼 씩 웃는 낯으로 돌아서서 검영을 바라보았다.

"실수하네요? 나 도발에 아주 잘 넘어가는 성격이거든요."

융사가 재빨리 나서며 두 사람을 말렸다.

"그만 두시죠. 크든 작든 두 분 다 피를 볼 텐데, 굳이 이 자리에서 그럴 필요 없잖아요."

화사가 자못 표독스러운 눈초리로 융사를 쳐다보며 물었다.

"지금 누가 큰 피를 보고 누가 작은 피를 본다는 거죠?"

검영이 기다렸다는 듯 그녀의 말꼬리를 잡았다.

"저도 그게 궁금하네요."

융사가 한숨을 내쉬며 꼬집는 듯한 말투로 사정했다.

"제가 실수했네요. 진심으로 사과드릴 테니, 큰 피는 없고 그냥 서로 작은 피를 보는 것으로 치고 넘어가죠? 이게 무슨 골라잡아 돈 놓고 돈 먹기라고 제가 그런 걸 알겠습니까."

화사와 검영이 머쓱하게 표정으로 융사의 시선을 피하며 딴청을 부렸다.

융사의 말을 듣고 보니 자신들이 너무 철부지 애들 같은 짓을 하고 있다는 생각이 든 모양이었다.

태양신마가 그런 그녀들의 태도를 보고는 이제야말로 싸움이 끝났다고 생각했는지 성큼 앞으로 나서며 가슴을 두드렸다.

"그럼 다음 신고식은 내가 하지. 누가 나설 테냐?"

말을 끝맺으며 장내를 둘러보던 태양신마의 얼굴이 대번에 볼썽사납게 일그러졌다.

그럴 수밖에 없었다. 몇몇 사람을 제외하고는 진정한 정체를 모르는 검영이나 철각사의 경우와 달리 그는 이미 모두에게 본색이 드러나 있었다.

그래서 그는 당연히 자신의 상대로 나설 사람은 매우 드물 것이라고, 아주 없진 않겠지만 몇 명되지 않을 거라 예상했다.

지금 장내에 그럴 만한 사람이, 즉 그도 아는 고수가 몇 명 있었던 것이다.

그런데 정작 상황은 그의 예상과 전혀 딴판이었다.

그의 말이 끝나기 무섭게 얼추 십여 명이나 되는 사람들이 우르르 앞으로 나섰던 것이다.

"아니, 이것들이……!"

태양신마는 울컥해서 눈이 돌아갔다.

어이없다 못해 기가 막히게도 나선 사람들 중 그가 아는 사람은 달랑 두 사람, 귀도 예충과 무림쌍괴의 하나인 환사뿐이었다.

나머지는 전부 다 일면식도 없는 새파란 애송이들인 것이다.

태양신마는 아직 모르고 있지만, 그들은 풍잔의 후기지수들과 광풍대의 상위 서열들이었다.

그러나 그런 태양신마의 입장에서 더욱 어처구니없는 사태가 그다음 순간에 벌어졌다.

지원자로 나선 사람들이 분노하는 그에게 신경조차 쓰지 않고 자기들끼리 다투기 시작했다.

"인간적으로 애들은 빠져라."

"그게 무슨 소리십니까? 인간적으로 어르신들이 빠지셔야죠?"

"어허, 네놈들은 앞으로도 기회가 많잖아."

"어르신들은 이미 석년에 다 겪어 보셨잖아요. 이런 건 애들에게 양보해야죠. 아니, 왜 애들 기회까지 뺏으려고 하십니까, 그래?"

"아니, 이것들이 정말……!"

"에헤, 힘으로 누르기 없깁니다."

태양신마가 더는 참지 못하고 소리쳤다.

"그만!"

소란스럽던 장내의 조용해지며 모든 시선이 태양신마에게 쏠렸다.

태양신마는 붉으락푸르락하는 얼굴로 자신을 바라보는 모든 시선을 하나하나 훑어보며 씹어뱉듯 말했다.

"다들 헛소리 집어 치우고, 줄 서! 하나씩 다 상대해 주마!"

예기치 않게도 일이 커지고 있었다.

태양신마의 예기치 않은 선언도 선언이지만, 발 없는 말이 천 리를 간다고, 어느새 풍잔의 식구들이 하나둘씩 풍무장으로 모여들고 있어서 더욱 그랬다.

다음 권으로 이어집니다

# 꿈의 도약, 로크에서 하십시오
# (주)로크미디어에서 신인 작가를 모십니다

즐거운 세상, 로크미디어는 꿈을 사랑하고 도전을 두려워하지 않는 작가 분들의 참신한 작품을 기다리고 있습니다. 21세기 장르 문학계를 이끌어 갈 차세대 선두 주자 (주)로크미디어에서 여러분의 나래를 활짝 펴 보시길 바랍니다.

**모집 분야** 판타지와 무협을 포함한 장르 문학
**모집 대상** 아마추어 작가, 인터넷 작가
**모집 기한** 수시 모집
### 작품 접수 시 유의 사항
  1. 파일명은 작가명_작품명.hwp형식을 갖춰 주십시오.
  1. 파일에 들어갈 내용은 다음과 같습니다.
    — 성명(필명인 경우 실명을 밝혀 주세요), 연락처, 이메일 주소
    — 제목, 기획 의도
    — A4용지 1장 분량의 등장인물 소개
    — A4용지 2장 분량의 전체 줄거리
    — 본문
  1. 작품이 인터넷에 연재되고 있다면, 게시판명과 사이트의 구체적이고 정확한 주소를 기재해 주십시오.

선택된 작품은 정식 계약 후 출판물로 간행되어 전국 서점에 유통됩니다.
작가 분은 (주)로크미디어의 전폭적인 지원하에 전속 작가로 활동하시게 됩니다.
※ 자세한 내용은 로크미디어 홈페이지(rokmedia.com)를 참조하세요.

(03920)서울시 마포구 성암로 330 DMC첨단산업센터 3층 318호
(주)로크미디어 편집부 신간 기획 담당자 앞
전화 : 02) 3273-5135
www.rokmedia.com    이메일 : rokmedia@empas.com

# The Final
### 더 파이널

유성 퓨전 판타지 장편소설

「아크」「로열 페이트」「아크 더 레전드」
작가 유성의 새로운 도전!

회귀의 굴레에 갇혀 이계로의 전이와 죽음을 반복하는 태영
계속되는 죽음에도 삶에 대한 의지를 불태우던 어느 날

**갑자기 시작된 침식으로 이계와 현대가 합쳐진다!**

두 세계가 합쳐진 순간,
저주 같던 회귀는 미래의 지식이 되고
쌓인 경험은 태영의 힘이 되는데……

이계의 기연을 모조리 흡수해
누구도 넘볼 수 없는 전사로 우뚝 서다!

# 변호사 윤진한

이해날 현대 판타지 장편소설